Wolfgang Glagla

Affinität

Wolfgang Glagla

Affinität

Kriminalroman

Dieses ist ein Roman. Handlung und Personen sind frei erfunden. Jede Ähnlichkeit mit lebenden oder toten Personen wäre rein zufällig und nicht gewollt.

Über den Autor:

Wolfgang Glagla, Jahrgang 1955, lebt in Hannover.

Schon seit seinem sechszehnten Lebensjahr begleitet der Wunsch nach Kreativität sein Leben. Musik, das Fotografieren, bildende Kunst, und natürlich das Schreiben sind zu einem festen Bestandteil geworden.

Nach einigen unterschiedlichen Buchprojekten sind aus der Richard-Tackert-Reihe bereits neun Kriminalromane erschienen.

Alle Grausamkeit entspringt der Schwäche.
Seneca

Merianweg 13, 30655 Hannover
www: wolfgang-glagla-autor.jimdofree.com/

Verlag: epubli - ein Service der neopubli GmbH, Berlin

1

In seinem Kopf herrschte das totale Chaos. Trotzdem trat eine Frage immer wieder in den Vordergrund:

Wird sich gleich ein Schuss lösen ... und ihn aus dieser Welt reißen?

Und was dann?

Kommt dann dieser schwarze Tunnel, an dessen Wänden sein Leben in Sekundenbruchteilen vorbeiziehen wird? In der Ferne ein helles Licht, das die Tür zu einem neuen Dasein ankündigt?

Was erwartet ihn dahinter?

Wird ihn ein Gott richten? – Aber er hatte nie an einen geglaubt.

Wird es einen Platz in der Gebärmutter einer neuen braven Frau geben ... oder wird es die Eizelle einer Libelle sein?

Oder ist alles vorbei?

Für immer.

Gibt es ein Jenseits?

Wird sich seine Seele zu erkennen geben und wie wird sie aussehen? – Bekommt er dann eine Neue? Eine bessere?

Er war merkwürdig ruhig, obwohl er spürte, wie sein Herz die Frequenz hochfuhr. Er hatte Angst, höllische Angst ... und gleichzeitig auch keine.

Ein Gedanke flog vorbei: Wie groß ist die Chance, dass ich den morgigen Tag erleben werde?

Fünfzig Prozent?

Weniger?

Er nahm plötzlich wahr, wie er die Waffe fixierte. Als könne er dadurch Einfluss nehmen und den Bolzen blockieren.

In weiter Ferne vernahm er eine Stimme. Sprach sie zu ihm?

Er hatte keine Kraft zu antworten, auch nur ein einzelnes Wort zu sprechen. Nicht jetzt.

Außerdem hatte er nicht zugehört.

Ein leichter Schwindel erfasste ihn. Die Kraft in seinen Beinen ließ nach. Aber nur für kurze Zeit, dann übernahm wieder der Kopf die Führung.

Angreifen?

Keine gute Option.

Trotzdem wagte er einen Schritt, nur einen kleinen.

Die Tagesschau lief seit genau vier Minuten, als sein Körper zu Boden fiel und das Chaos in seinem Kopf beendete.

Endgültig beendete.

Für alle Zeit.

2

Als Tackert den Fundort erreichte, bot sich ihm eine Szene, die Alfred Hitchcock kaum eindrucksvoller hätte ins Bild setzen können.

Das historische, unter Denkmalschutz stehende Gebäude der St. Nicolai Kirche, einschließlich der teils jahrhundertealten Grabstätten an der Flanke des Kirchenschiffs, lag in einen seichten Nebelteppich gehüllt. Das aufkommende Tageslicht sorgte für ein bizarres, sich brechendes Schattenspiel. Surreal und bedrohlich, fand Tackert. Fast wie eine Vorankündigung.

Der kräftige männliche Körper lehnte an einem Grabstein und erweckte den Eindruck, als hätte sich der Mann zu einer Pause hier niedergelassen um ein wenig zu verschnaufen. Von der nahegelegenen Sutelstraße, wo der öffentliche Nah- und einsetzende Berufsverkehr vorbeirollte, wurde der Leichnam durch den zwei Meter hohen Grabstein verdeckt und war nicht zu sehen.

So wurde er von einer Anwohnerin, die vor der Arbeit noch eine Runde mit dem Hund drehen wollte, um kurz nach fünf entdeckt.

»Sieht fast so aus, als würde er schlafen, nicht?«, stellte sein Kollege Sven fest, der einige Minuten vor ihm den Fundort erreicht hatte und plötzlich neben ihm stand. »Dabei hat er ein hässliches Loch in der Brust, wie Dr. Schröder gerade festgestellt hat. Wurde also erschossen und das etwa vor zehn bis zwölf Stunden, auch wenn man das nicht glauben mag ... so, wie er da sitzt.«

»Hm«, äußerte sich Tackert kurz angebunden, und man hätte den Eindruck gewinnen können, dass dies eine Form von Unhöflichkeit widerspiegelte. Aber Sven kannte den Hauptkommissar seit fast fünfzehn Jahren und wusste das richtig einzuschätzen. »Rüdiger Wittkoff, einundsechzig, vermutlich Pferdezüchter aus Isernhagen Süd...«

»Warum vermutlich?«, unterbrach ihn Tackert.

»Die Visitenkarten aus seiner Brieftasche deuten darauf hin. Ob dem so ist, wissen wir aber noch nicht genau.«

»Hm«, wiederholte sich Tackert. »Handy? Papiere? Irgendwelche Wertsachen?«

»Papiere ja. Perso, Führerschein, Kreditkarten, auch ein Schlüsselbund – alles da. Ansonsten waren seine Taschen leer. Obwohl: Das stimmt so nicht. In seiner Jackentasche hatte er ein kleines Glöckchen ...«

»Ein Glöckchen?«, wunderte sich Tackert und drehte seinen Kopf zur Seite. »Was für ein Glöckchen?«

»Ein kleines Glöckchen ... aus Blech. Wie man es an Kuscheltieren manchmal findet. Um den Hals. Du weißt schon. So ein kleines Blechglöckchen eben.«

Tackert antwortete nicht, sondern starrte scheinbar geistesabwesend auf den leblosen Körper, als Svens Smartphone klingelte und Sonja, die im Präsidium erste Informationen sammelte, die wenigen Erkenntnisse weitergab.

»Richard?«, versuchte Sven, nachdem er das Telefonat beendet hatte, dessen Aufmerksamkeit zurückzugewinnen. »Er war tatsächlich Pferdezüchter. Und scheinbar ein erfolgreicher. Besitzt drüben in Isernhagen ein Gestüt, das wohl landesweit einen guten Ruf geniest und offensichtlich jeder kennt, außer mir. - Wir müssen seine Familie benachrichtigen.«

Sven beobachtete den Hauptkommissar, dessen ganze Aufmerksamkeit scheinbar immer noch dem Leichnam galt, und wartete auf eine Reaktion, die aber nicht kam. Er ahnte nicht, dass es nicht der Tote war, den Tackert betrachtete, um den dessen Gedanken kreisten.

Was Tackert wirklich beschäftigte, war der Grabstein.

3

Am Nachmittag traf sich die fünfköpfige Ermittlergruppe um Richard Tackert, der neben Sven und Sonja auch Nicola und Jan angehörten, zu einem ersten Austausch.

Die fünf bildeten ein homogenes Team. Effizient und zielgesteuert.

»Was wir bisher wissen, ist Folgendes«, übernahm Tackert die Eröffnung. »Rüdiger Wittkoff hat gestern gegen 14.30 Uhr in seinem Range Rover samt Hänger und einem Pferd den Hof verlassen, um nach Celle zu fahren. Dort war er mit einer Frau namens Regine Sauerbier verabredet, der Käuferin einer Hannoveraner Stute. Laut Aussage von Frau Sauerbier traf Wittkoff gegen 15.15 ein und hielt sich, alles in allem, gute zwei Stunden dort auf, bevor er sich mit zwanzigtausend Euro in der Tasche auf den Rückweg machte. Laut zweier Angestellter, oder besser gesagt, Auszubildender, war er zumindest kurzzeitig gegen 18.30 Uhr auf dem Hof in Isernhagen, wo er den Anhänger abstellte und um zirka 19.30 Uhr mit seinem Auto wieder verschwand. Weder seine Frau noch seine beiden Kinder, einschließlich deren Partner, haben ihn danach nochmal zu Gesicht bekommen. Niemand kann mit Bestimmtheit sagen, was er vorhatte. Seine Tochter glaubt, dass es eine Verabredung mit einem Turnierveranstalter gab. Seine Frau behauptet, sich erinnern zu können, dass er an diesem Abend noch seinen Vater in Göttingen besuchen wollte, der dort in einem Seniorenheim lebt. Deswegen hat sie sich auch nicht gewundert, dass er über Nacht wegblieb. In den letzten zwei, drei Jahren ist er nachts - zumindest längere Strecken - nur noch ungern gefahren, sagt sie. - Ein wenig hatte ich den Eindruck, dass die Kommunikation unter den Familienmitgliedern nicht die beste ist, woran auch immer das liegen mag. Der eine scheint vom anderen nicht zu wissen, was er macht. - Da seine Frau das Geld weder im Tresor noch anderweitig an den zu erwartenden Orten im Haus gefunden hat, sollten wir davon ausgehen, dass Wittkoff die zwanzigtausend bei sich hatte, als er vom Hof fuhr. Und das würde bedeuten, dass wir es eventuell mit einem Raubmord zu tun haben könnten. Die Betonung liegt auf eventuell, weil mir vollkommen schleierhaft ist, warum dann seine Leiche aufwendig und nicht ganz ohne Risiko an der Kirche abgelegt wurde? Denn so viel steht fest: Der Fundort ist definitiv nicht der Tatort.«

»Dann stellt sich doch als Erstes die Frage, ob der Ablageort einen symbolhaften Charakter hat?«, warf Nicola ein. »Wenn ich die Fotos betrachte, macht das Ganze den Eindruck, als hätte jemand bewusst so ... und genau so ... gehandelt.«

»Das Gleiche habe ich heute früh auch gedacht«, gab Sven ihr recht. »Die Frage ist nur: Was steckt dahinter? Mir fällt zumindest nichts ein, was man hineininterpretieren könnte.«

»Lasst uns zunächst weiter über die Fakten reden«, forderte Tackert. »Von der KTU wissen wir, dass das Opfer die wenigen Meter vom Seitenstreifen der benachbarten kleinen Straße bis zum Grabstein gezogen wurde. Also war es vermutlich eine einzelne Person, die den Toten bewegt hat. Und zwar eine sehr kräftige Person, denn Wittkoff hatte sicherlich um die neunzig, hundert Kilo. Auch das ... ich nenne es mal drapieren ... der Leiche kann bei einem solchen Gewicht nicht so einfach gewesen sein. - Ansonsten gibt es von Seiten der Techniker bis zu diesem Zeitpunkt nichts, was wichtig erscheint. Und auch die ersten Ergebnisse von Dr. Schröder werden frühestens morgen Nachmittag vorliegen. – Hat die Befragung der Anlieger rund um die Kirche was ergeben, Sonja?«

»Nichts. Absolut nichts«, schüttelte sie den Kopf.

»Jan?«

Der angesprochene nahm eine aufrechte Haltung an und schob sein Notebook zurecht.

»Tja, also. Man findet natürlich im Netz jede Menge über ihn. Es gibt etliche Einträge zu dem Gestüt. Ansonsten ist er wohl Mitglied verschiedener Einrichtungen und Organisationen rund um den Pferdesport, was ja auch irgendwie ein Selbstläufer ist. Ich konnte nichts finden, was in irgendeiner Form den Eindruck erweckt, als müsse man sich damit näher beschäftigen. Womit ich mich aber näher beschäftigen werde, ist seine Tochter, Eileen. Da gab es vor knapp zwei Jahren eine Anzeige wegen Urkundenfälschung und Betrug. Das Verfahren endete zwar mit einem Freispruch aus Mangel an Beweisen, aber ich werde mir das trotzdem genau angucken.«

»Hatte die Anzeige etwas mit der Pferdezucht zu tun?«, wollte Tackert wissen.

»Ja. Da gab es wohl Unstimmigkeiten bei einem Verkauf und es war von Betrug die Rede, weil der Käufer glaubte, man hätte ihm ein falsches oder krankes Pferd beziehungsweise falsche Papiere, untergejubelt.«

»Ein später Racheakt?«, überlegte Sonja.

»Mit dem Aufwand?«, zweifelte Nicola. »Kann ich mir, ehrlich gesagt, kaum vorstellen. Da muss was anderes dahinterstecken ...«

»Wir werden das nicht von vornherein ausschließen können und die betreffende Person auf jeden Fall befragen. Vielleicht war das ja auch kein Einzelfall.« Die Skepsis war dem Hauptkommissar allerdings anzusehen.

Trotzdem war jedem klar, dass eine genaue Untersuchung nötig war.

»Fassen wir zusammen. Am Wichtigsten ist es, zu klären, was Wittkoff vorhatte, nachdem er den Hänger abgestellt hat? Da könnten uns die Daten seines Handys weiterhelfen. Jan, kümmerst du dich bitte um den Provider? Seinen Wagen in Kürze zu finden sollte nicht das Thema werden, sofern er in einem öffentlichen Bereich steht. Die komplette Familie Wittkoff muss ausführlich befragt werden. Das machen wir morgen. Habe ich was vergessen?«

»Ich würde gerne nochmal auf die recht merkwürdige Auffindesituation zurückkommen«, forderte Nicola. »Da ist jemand ein unnützes Risiko eingegangen und hat nachts eine Leiche transportiert, um sie an einer Stelle abzulegen, von der ich glaube, dass sie bewusst gewählt wurde. Also die Kirche oder der Friedhof. Wahrscheinlich eher der Friedhof, denke ich. Jetzt frage ich mich, was wohl ein Psychologe oder Fallanalytiker dazu sagen würde?«

Tackert war für einen Augenblick unentschlossen, ob

er wirklich die gewagte Theorie bereits zu diesem frühen Zeitpunkt präsentieren sollte, entschloss sich dann aber, es zu tun.

»Man würde dem Täter eine gewisse Affinität bescheinigen, denke ich. Vielleicht eine krankhafte Verbundenheit? Und zwar zu einem Mann, der neben Fritz Haarmann als weiterer Massenmörder seinen Platz in Hannovers Stadtgeschichte gefunden hat. Obwohl er vermutlich keiner war... «

Alle starrten Tackert fragend an. »Stimmt! Da gab´s ja noch den ... den ... äh ...« Sonja wollte der Name nicht einfallen.

»Hanebuth«, half Tackert. »Jasper Hanebuth. Ich musste auch erst nochmal recherchieren, weil ich unsicher war, ob meine Erinnerung ausreicht.«

»Wer war das?«, fragte Nicola, die als Jüngste und Zugezogene nichts mit dem Namen anfangen konnte.

»Mir sagt zwar der Name was, weiß aber jetzt auch nicht alle Einzelheiten«, gestand Sven.

»Mir geht´s genauso«, schloss sich Jan an.

»Okay, also: Jasper Hanebuth wurde sechzehnhundert irgendwas im heutigen Stadtteil Groß-Buchholz geboren. Als junger Mann zog er als Söldner in den Dreißigjährigen Krieg und war nach seiner Heimkehr zunächst Pferdehändler, später Pferdedieb. 1652 wurde er auf Grund der Anzeige eines Wirts, der ihn des Pferdediebstahls beschuldigte, verhaftet. Während seiner Inhaftierung kam es zu Folterungen, unter denen er diverse Diebstähle und neunzehn Morde gestand. Neunzehn! Daraufhin verurteilte ihn die Gerichtsbarkeit zum Tode durch Rädern.

Die Geschichtsschreiber sind sich bis heute uneinig, ob er diese Morde überhaupt jemals begangen hat ... oder ob er unter der Folter nicht einfach zusammenbrach. Soweit zu den Fakten.

Aber die Geschichte geht noch weiter, gerade was Wittkoff betrifft.

Den Mythen nach soll er seine Opfer in der Eilenriede in Zoonähe überfallen haben, wobei er aus seiner Räuberhöhle heraus einen Draht mit einem Glöckchen über den Weg spannte. Dieser Weg war seinerzeit die Hauptverbindung nach Norden und wurde von zahlreichen Kaufleuten genutzt, von denen ihm einige zum Opfer gefallen sein sollen. – Und jetzt kommt der für mich spannendste Aspekt: Der Grabstein, an dem Wittkoff gefunden wurde, ist das Grab seines Bruders, der acht Jahre nach ihm starb und dessen Grabstein eine gewisse Bedeutung hat, da der Bildhauer ein bedeutender hannoverscher Künstler war. Den Namen habe ich aber vergessen. Wir haben also als Parallelen den Pferdehändler, das Glöckchen und den Grabstein, was zumindest einen merkwürdigen Eindruck erweckt, wenn nicht sogar einen abstrusen. Trotz der Zusammenhänge tendiere ich aber im Augenblick noch dazu, zu sagen, dass mir das Ganze eigentlich zu weit hergeholt erscheint und ich nicht so recht daran glauben mag.«

Für einen Moment lag kollektives Schweigen im Kreis der Ermittler.

»Nach fast vierhundert Jahren einen Zusammenhang hineininterpretieren? Ist das nicht wirklich ein bisschen zuviel des Guten?«, zweifelte Jan. »Obwohl es eine schöne Erklärung für die Risikobereitschaft wäre.«

»Das Glöckchen, finde ich, wäre ein äußerst ungewöhnlicher Zufall«, meinte Sonja. »Wer sollte auf die Idee kommen, seinem Opfer sowas in die Tasche zu schieben?«

»Ja. Und wenn man dann noch aus dem Pferdedieb einen Verkäufer macht, der die Leute bescheißt, bekommt sogar dieser Punkt mehr Gewicht ... und die ganze Sache könnte am Ende tatsächlich einen Hintergrund bilden«, argumentierte Nicola.

»Ja«, stimmte ihr Tackert nach kurzer Überlegung zu. »Das wäre auch für mich ein Punkt, der trotz aller Skepsis noch einen Rest Zweifel bei mir übriglassen würde, um dieses Gespinst nicht ganz aufzugeben. Wir müssen klären, wie sich die Geschäfte des Gestüts darstellen und ob da alles mit rechten Dingen zugeht.«

4

Als Tackert und Sven am nächsten Morgen das Gestüt erreichten, musste auch Sven zugeben, dass er beeindruckt war, so wie Tackert bereits gestern, als er zum ersten Mal hier eintraf.

Ein Torbogen aus dem achtzehnten Jahrhundert begrüßte eventuelle Besucher und deutet an, dass man dahinter auf ein herrschaftliches Anwesen treffen wird. Ohne die angrenzenden Weideflächen mit einzubeziehen, hatte der Hof weit mehr als die Größe eines Fußballfeldes und erweckte den Eindruck eines durchstrukturierten und durchdachten Geländes. Das große Hauptgebäude schien geräumig genug, um drei Familien oder mehr ausreichend Platz zu bieten. Zwei an den Seitenbereichen verlaufende Stallungen, einschließlich einiger unterschiedlich großer Nebengebäude aus rotbraunem Ziegel und Fachwerk erweckten den Eindruck, als wäre die Zeit hier stehengeblieben.

Auf einem Paddock, der gleichzeitig das Gelände am hinteren Ende begrenzte, arbeitete eine junge Frau mit einem edel aussehenden Pferd, das scheinbar gehorsam den Anweisungen folgte und sich entspannt bewegte, glaubte Tackert, beurteilen zu können.

Marlene Wittkoff schien bereits auf die beiden Beamten zu warten und führte Tackert und Sven ins Haus. Tackerts erster Eindruck war, dass sich Frau Wittkoff im Vergleich zum gestrigen Tag deutlich gefasster zeigte. Ihre müden Gesichtszüge jedoch versuchte sie nicht, durch entsprechendes Make-up zu verbergen.

Ihm fiel auf, dass sich sein flüchtiger Eindruck von gestern bestätigte. Ihr Oberkörper hatte eine leichte Schiefhaltung. Außerdem machte ihr offensichtlich ein Bein beim Laufen Probleme.

»Wissen Sie schon irgendwas?«, wollte sie wissen und lenkte die beiden Ermittler in einen Raum, von dem Tackert nicht hätte sagen können, ob es sich hier um ein Büro, eine Bibliothek oder ein Fernsehzimmer handelt. Oder alles in einem.

»Leider wenig«, bedauerte der Hauptkommissar. »Das ist auch der Grund, warum ich Sie bitten möchte, uns ein wenig über das Gestüt zu erzählen. Wie viele Leute arbeiten hier? Beziehen Sie alle ihre Einkünfte ausschließlich aus der Pferdezucht oder betreiben Sie nebenbei auch noch andere Landwirtschaft?«

Frau Wittkoff war auf diese Art Fragen scheinbar nicht vorbereitet und machte einen etwas erschrockenen Eindruck. Es verging ein Moment, ehe sie tief einatmete und offensichtlich widerwillig antwortete.

»Wir haben uns weitestgehend auf die Zucht konzentriert«, erklärte sie ein wenig mürrisch, »haben zusätzlich noch einige Einkünfte, die nicht direkt damit in Zusammenhang stehen, aber im Großen und Ganzen mit Pferdehaltung, Ausbildung oder Versorgung der Tiere zu tun haben. Was Ihre zweite Frage betrifft: Wir sind ein reiner Familienbetrieb. Neben unserem Sohn Till und dessen Frau Nele, unserer Tochter Eileen und ihrem Lebensgefährten Henning, haben wir hier noch Dominique und Laura, die beide eine Ausbildung zur Pferdewirtin bei uns machen. Und noch eine Schülerin, hier aus dem Ort. Anna, die zweimal in der Woche für jeweils zwei, drei Stunden hilft.«

»Mal abgesehen von der Schülerin, wohnen alle hier auf dem Hof?«

»Ja. Unsere Kinder haben Wohnungen hier im Haus und die beiden Mädels wohnen drüben neben dem ehemaligen Wirtschaftsgebäude, gegenüber der Reithalle.«

»Gibt es eine feste Aufgabenverteilung? Wer kümmert sich zum Beispiel um die potenziellen Kaufinteressenten?«

»Mehr oder weniger alle aus der Familie. Wobei die letzte Entscheidung bisher immer mein Mann traf. Zumindest, wenn es um das Finanzielle ging. Hin und wieder auch mal Eileen, aber eher selten. Mein Mann war ein harter, aber fairer Geschäftspartner. Hatte ein unglaubliches Gespür, was die Entwicklung eines Tieres angeht und lag mit seinen Prognosen fast immer richtig. Was am Ende natürlich den Erfolg ausmacht.«

»Kam es mal zu ernsthaften Unstimmigkeiten mit einem Käufer? Unstimmigkeiten, die vielleicht sogar zu einer Eskalation führten?«, schaltete sich Sven ein. Tackert zuckte ein bisschen zusammen, wollte er sich doch dieses Thema eigentlich für die Tochter aufheben.

»Ich weiß, worauf Sie hinaus wollen«, wurde die Frau energisch. »Dann sollte Ihnen aber auch bekannt sein, dass das Gericht dem ... dem Krause widersprochen hat und die ganze Sache als haltlos bewertet wurde. Die Anzeige war eine Unverschämtheit. Wenn man unqualifiziert und mit fehlerhaftem Halbwissen an einem erstklassigen Tier herumhantiert, kann es natürlich passieren, dass aus einem sehr guten Turnierpferd ein müder Ackergaul wird, um es mal salopp und allgemeinverständlich zu formulieren. Betrügereien, in welcher Form auch immer, haben wir nicht nötig. Wir arbeiten hier gewissenhaft und voller Leidenschaft und die Zucht bedeutet hier für jeden Einzelnen mehr, als den Broterwerb zu sichern, das dürfen Sie ruhig glauben.«

Die Frau hatte sich geradezu in Rage geredet und Tackert war geneigt, ihr zu glauben.

»Gab es außer dieser Angelegenheit noch weitere – ich nenne es mal – Spannungen, die im Zusammenhang mit Ihrer beruflichen Existenz stehen? Probleme mit Besitzern hier untergestellter Pferde, zum Beispiel? Oder Nachbarn?«

»Nein«, kam umgehend die scharfe Antwort. »Sie werden auf diesem Hof niemanden finden, der auf Stunk aus ist. Hier werden Probleme zivilisiert geregelt, sollten denn mal welche auftreten, was sowieso nur selten der Fall ist.«

»Gut, Frau Wittkoff. Dann habe ich vorerst nur noch eine Frage. Hat sich aus Ihrer oder der Familie Ihres Mannes mal jemand mit Ahnenforschung beschäftigt? Ich weiß, die Frage hört sich irritierend an, es wäre aber wichtig ...«

Marlene Wittkoff starrte Tackert an, als zweifle sie an seinem Verstand. Und das Schlimme daran war, dass Tackert das sogar verstehen konnte.

»Ahnenforschung? Ahnenforschung? Was für ein Quatsch.«

Tackert betrachtete damit die Frage als beantwortet und machte sich mit Sven auf den Weg, die beiden Auszubildenden zu befragen.

Sie überquerten gerade den Hof, als sie auf den Sohn, Till Wittkoff, trafen.

»Nur einen Moment, Herr Wittkoff«, stellte Tackert sich vor ihm auf. »Haben Sie eine Vermutung, wo Ihr Vater gestern noch hinwollte? Hat er Ihnen gegenüber Andeutungen gemacht, was er noch vorhatte?«

Till Wittkoff, der Tackert beinahe um einen Kopf überragte, nahm eine lässige Haltung an und fuhr sich mit der Hand durch das schulterlange Haar.

»Nee, keine Ahnung. Was sagt denn meine Mutter?«

»Ihre Mutter vermutete bereits gestern, dass er eventuell seinen Vater im Seniorenheim besuchen wollte«, erklärte Tackert.

»Hm«, murmelte der Mann, »so spät noch? Wäre dann aber auch mal wieder an der Zeit gewesen ... «

Tackert war etwas verwundert, angesichts der Antwort. »Kam es denn eher selten vor, dass er nach Göttingen fuhr?«

»Wie man´s nimmt«, sagte Till Wittkoff tonlos. »Ein-, zweimal im Jahr ist nicht die Welt, oder?«

»Naja. Göttingen ist ja nun mal auch nicht gleich um die Ecke«, meinte Tackert. »Und so jung war Ihr Vater ja auch nicht mehr. Dazu die ganze Arbeit hier auf dem Gestüt.«

»Dann hätte man den Alten ja auch näher ran holen können«, argumentierte der Sohn. »Eileen und ich haben das oft genug angesprochen.«

»Aber Ihr Vater wollte nicht?«, schlussfolgerte der Hauptkommissar.

»Keine Ahnung. Zumindest wurden nie ernsthafte Überlegungen angestellt.«

»Wie stand denn Ihre Mutter dazu«, wollte Sven wissen.

»Die hat sich rausgehalten.«

»Aus Gleichgültigkeit?«

»Was weiß ich? Besser, ich sag jetzt gar nichts mehr. Klären Sie das mit meiner Mutter. - Tut mir leid, ich muss mich weiter um die Tiere kümmern.«

Till Wittkoff umrundete die beiden Beamten und verschwand in Richtung Stall.

»Wie war das?«, wunderte sich Sven, als der Sohn, außer Hörweite war. »So viel zum zivilisierten Umgang mit eventuell auftretenden Problemen. Was machen die bei handfesten Streitereien? Schlagen sie sich dann die Köpfe ein?«

»Ich hatte gestern schon den Eindruck, als würde hier im Familienverband einiges im Argen liegen«, erklärte Tackert. »Lass uns mit den beiden Auszubildenden weitermachen. Vielleicht erfahren wir über die, was hier wirklich gespielt wird.«

Sie trafen aber nur auf Dominique. Laura hatte sich heute früh krankgemeldet und war noch beim Arzt.

»Darf ich Dominique sagen«, fragte Tackert die junge Frau, die nicht älter als fünfzehn wirkte, was aber daran liegen mochte, dass sie kaum größer als ein Meter sechzig war, überlegte Tackert.

»Na klar«, bekam er mit einem offenen Lächeln zur

Antwort.

»Wie lange arbeiten Sie hier schon, Dominique?«

»Seit zweieinhalb Jahren. Im Herbst bin ich mit der Ausbildung fertig.«

»Und haben Sie schon Zukunftspläne? Wollen Sie hier auf dem Gestüt bleiben, sofern das möglich ist?«

Die junge Frau zögerte einen Augenblick. Tackert glaubte zu erkennen, dass sie sich mit der Antwort schwertat. »Um ehrlich zu sein: wohl eher nicht.«

»Warum nicht?«, hakte Tackert nach. »Werden Ihre Erwartungen hier nicht erfüllt, oder stören Sie sich an dem Betriebsklima, das auf mich so wirkt, als gäbe es eine gewisse Distanz unter den Familienmitgliedern. Sie können ruhig ehrlich sein. Ihre Äußerungen werden natürlich mit der entsprechenden Diskretion behandelt.«

Wieder war ihr anzusehen, dass sie genau zu überlegen schien, was sie preisgeben sollte.

»Die Arbeit hier macht Spaß, viel Spaß. Der tägliche Umgang mit den wundervollen Tieren fordert einen zwar richtig, gibt einem aber das Gefühl einer Bestimmung, die erfüllt wird. Andererseits kann der tägliche Umgang mit den Wittkoffs sehr anstrengend sein. Manchmal zumindest. Hier scheint ein Machtkampf zu toben und jeder glaubt von sich, der Einzige zu sein, der die richtigen Entscheidungen trifft. Dann sagt der Eine so ... und eine Stunde später sagt der Andere was völlig anderes. Kann ganz schön nerven...«

»Ja«, signalisierte Tackert Verständnis. »Das kann ich mir gut vorstellen. Wie äußert sich denn dieser Machtkampf? Verbal ... oder kommt es auch zu handfesten

Streitereien?«

»Gewalt habe ich hier noch nie erlebt, falls Sie das meinen. Also, physische. Psychische Gewalt vielleicht schon. Ich zumindest, würde das so bezeichnen. Und jetzt, wo der Alte tot ist, wird das bestimmt noch schlimmer werden, kann ich mir vorstellen.«

Tackert war, angesichts der Offenheit der Frau, erstaunt und entschloss sich zu einer Frage, die er unter anderen Umständen in der Form nicht gestellt hätte:

»Können Sie sich vorstellen, dass der gewaltsame Tod des Herrn Wittkoff in Zusammenhang mit familieninternen Schwierigkeiten steht?«

Die Antwort kam wie aus der Pistole geschossen, fast so, als hätte sie diese Frage erwartet.

»Nein. Überhaupt nicht. Aus der Familie war es ganz bestimmt keiner ... ist meine Meinung. Ganz bestimmt nicht.«

Aus den Augenwinkeln sah Tackert, wie Eileen das Haus verließ, in ein Auto stieg, und sich vom Gelände entfernte. Mist, dachte er. Mit ihr wollte er doch unbedingt noch sprechen.

»Wie würden Sie Herrn Wittkoff beschreiben? Welchen Eindruck hatten Sie von ihm?«

»Hm, gar nicht so leicht«, überlegte Dominique. »Auf jeden Fall als fachlich äußerst kompetent. Der verstand richtig was von Pferden, mit denen er übrigens auch sehr liebevoll umgegangen ist. Von seinem Gemüt her sehr schwankend. Der konnte sich, wenn alles glattlief, herzlich bei einem bedanken und einen wenig später wegen einer Lappalie richtig zusammenscheißen. - Ich glaube, er war sehr korrekt. Letztes Jahr hatte Anna im Stall fünfzig Euro verloren. Am nächsten Tag hat der Alte das Geld gefunden und Anna zurückgegeben. Das fand ich schon irre. Ich weiß nicht, ob das alle aus der Familie gemacht hätten?«

»Wenn er so korrekt war, wie sie sagen, dann ist der Gedanke wohl nicht vorstellbar, dass ein geprellter Geschäftspartner eventuell als Täter in Betracht käme?«

»Ich kann das natürlich nicht beurteilen«, stellte die junge Frau fest, »aber ich kann es mir nicht vorstellen.«

»Gab es hier in letzter Zeit ungewöhnliche Vorkommnisse?«

»Nein«, entgegnete sie kopfschüttelnd.

Tackert überlegte, ob er das Verfahren gegen Eileen zur Sprache bringen sollte, ließ es dann aber und verabschiedete sich.

Als Tackert gemeinsam mit Sven eine der Stallungen betrat, wurde ihm zum ersten Mal bewusst, welche gewaltigen Ausmaße das Gebäude hatte. Von außen wirkte es viel kleiner.

Ihm fiel sofort eine gewisse Ordnung und Sauberkeit auf, die er so nie erwartet hätte. Obwohl er zugeben musste, dass sich seine Vergleichswerte in sehr engen Grenzen bewegten. Offensichtlich sah Sven das genauso.

»Boah. Da sollten sich manche Betreiber von Sanitäranlagen auf den Autobahnraststätten mal ein Beispiel nehmen. Der Gestank ist zwar fast der Gleiche, aber hier würde ich sofort auf ein Klo gehen, ohne irgendwelche akrobatischen Übungen rund um die Kloschüssel zu vollbringen.«

»Tja. So lebt wohl der vierbeinige Hochadel. Als braves Brauereipferd mit Arthrose in den Knochen wirst du vermutlich hier keinen Schlafplatz finden … «

»Schlafplatz mit Vollpension«, vervollständigte Sven amüsiert.

Tills Frau, Nele Wittkoff, hatte am anderen Ende den Stall betreten und steuerte auf sie zu. Hinter ihr watschelte ein etwa dreijähriges Mädchen, von Gummibärchen träumend, an den Boxen entlang.

»Gibt es Neuigkeiten?«, begrüßte sie die beiden Beamten bedrückt.

»Leider noch nicht«, entgegnete Tackert.

Inzwischen hatte das Kind die kleine Gruppe erreicht.

»Das ist unsere Tochter Alexandra«, stellte sie die Kleine vor, die augenblicklich ihre Gesichtszüge veränderte und mit ihrem abgegriffenen Stoffhasen gemeinsam hinter Mama Deckung suchte.

»Sie fremdelt im Moment etwas«, erklärte sie entschuldigend.

Tackert senkte den Blick und sprach das Kind an: »Na, wen haben wir denn da?«, versuchte er, das Eis zu brechen.

Was für eine dämliche Frage, bereute er sofort die Wahl seiner Worte und suchte nach einer besseren Möglichkeit der Kontaktaufnahme:

»Das sind aber schicke Gummistiefel. Sind da Pferde drauf?«

Statt einer Antwort erhielt Tackert nur einen strafenden Blick. Und auch die Mama sah so aus, als wollte sie sagen, dass ein Kind, das auf einem Gestüt aufwächst, mit drei Jahren schon wissen wird, wie ein Pferd aussieht.

»Sind denn die genauen Todesumstände jetzt bekannt? Wissen Sie schon, was passiert ist?«

»Die rechtsmedizinische Untersuchung ist noch nicht abgeschlossen. Das dauert noch etwas«, erklärte Tackert.

Zwischenzeitlich schäkerte Sven mit der Kleinen rum. Offensichtlich zeigte die Taktik der Grimassenschneiderei mehr Erfolg, als die einer gepflegten Konversation, denn ihr Gesichtsausdruck entspannte sich und zeigte die Andeutung eines Grinsens.

Tackerts Handy klingelte. Nach einem kurzen Gespräch drehte er sich um und sagte: »Tut mir leid, Frau Wittkoff, aber wir müssen los.«

Man hatte ihn unterrichtet, dass der gesuchte Range Rover gefunden worden war.

Auf einem einsamen Waldparkplatz am Naherholungsgebiet Kananohe.

5

Sonja saß Erwin und Sigrid Krause gegenüber, die am Ortsrand von Burgdorf eine kleine Dreizimmerwohnung bewohnten und sich nach wie vor von Eileen Wittkoff über den Tisch gezogen fühlten. Beide schätzte Sonja auf Mitte fünfzig.

»Das Gerichtsurteil war eine Farce«, schimpfte der Mann. »Der Stellungnahme unseres Tierarztes wurde überhaupt keine Beachtung geschenkt. Wahrscheinlich war es hinsichtlich des Gutachtens, dass die Wittkoffs vorgelegt hatten, nichts wert. Sechstausend Euro Tierarztkosten nach nur vier Monaten! Da soll nochmal einer behaupten, der Gaul war kerngesund. Beschissen haben die uns, diese Verbrecher. Und die Richterin, diese … diese … hatte überhaupt keine Ahnung. Ließ sich von den schweren Geschützen beeindrucken, die die Wittkoffs aufgefahren haben. Rechtsprechung, hören Sie mir bloß auf.«

»Beruhige dich doch, Erwin«, schaltete sich die Frau ein. »Denk an deinen Blutdruck. Aber mein Mann hat schon recht. Das Pferd war niemals die zwölftausend Euro wert. Sie müssen wissen, dass es das erste Pferd war, für das wir so viel Geld ausgegeben haben, und dann dieser Reinfall.«

»Dann haben Sie also vermutet, dass das Tier mit einer erheblichen Vorerkrankung übergeben wurde?«

»Allerdings«, antwortete die Frau, die ihrem Mann scheinbar zuvorkommen wollte. »So ein Chip am Fesselgelenk sollte von einem so erfahrenen Züchter wie Wittkoff eigentlich erkannt werden. Dreieinhalb Tausend allein für die OP. Dann noch die Folgekosten ... Eine Unverschämtheit ist das.«

Sonja wusste zwar nicht so genau, was ein Chip war, verzichtete aber auf eine Nachfrage.

»Verstehen Sie mich nicht falsch, aber ich muss Sie das fragen: Was haben Sie in der Zeit von vorgestern nachmittags bis gestern Morgen gemacht?«

Das Ehepaar Krause schaute Sonja irritiert an. »Warum wollen Sie das wissen?«, fragte die Frau und man sah ihr das Unverständnis deutlich an.

Kann es sein, dass die beiden vom Tod Wittkoffs noch gar nicht gehört haben?, fragte sie sich. Natürlich war es in den Medien präsent, aber auch nicht an vorderster Front.

»Herr Wittkoff fiel einem Tötungsdelikt zum Opfer«, erklärte sie förmlich.

Die Krauses machten den Eindruck, als wäre ihre Verwirrung noch größer geworden.

Diesmal war der Mann schneller:

»Hat er noch andere Leute beschissen, was? Aber umbringen muss man ihn deswegen auch nicht gleich. Wir haben jedenfalls nichts damit zu tun, falls Sie das wissen wollten.«

Das Gefühl hatte Sonja allerdings auch. So viel Menschenkenntnis traute sie sich zu, um zu behaupten, dass die Krauses für eine – vermutlich vorsätzliche – Straftat nicht in Frage kämen.

»Ich brauche aber trotzdem eine Antwort«, sagte sie

fast entschuldigend. »Wenn auch nur, um Sie zukünftig nicht weiter zu belästigen.«

»Nachmittags waren wir bei unserem Pferd, abends haben wir auf unser Enkelkind aufgepasst. Bis so gegen elf. Und danach sind wir nach Hause gefahren und haben geschlafen, haben also ausnahmsweise an diesem Abend niemanden umgebracht.«

Sonja wunderte der Sarkasmus, hatte aber auch Verständnis. Sie überlegte gerade, sich zu verabschieden, als Erwin Krause noch etwas hinzufügte:

»Und außerdem hat uns die Tochter das Pferd verkauft, nicht der alte Wittkoff. Dann hätten wir wohl eher die Tochter um die Ecke gebracht, oder?«

Sonja beließ es dabei und verschwand nachdenklich.

Sie konnte sich nur schwer vorstellen, wie die Beiden nachts einen hundert Kilo schweren, leblosen Körper über einen Friedhof zerren.

Eigentlich sollte man sie ausschließen ... aber wer weiß das am Ende schon?

Nicola war innerhalb Tackerts Team die Auffälligste. Etliche Tattoos und das auffallend rot gefärbte Haar gaben ihrer Person etwas Individuelles und unterstrichen ungewollt ihr Selbstbewusstsein, was in gesundem Maße vorhanden war. Alle aus dem Team mochten sie, wie sowieso das Verhältnis der fünf untereinander ungewöhnlich gut war. Woran das genau lag, wusste niemand so richtig. Vielleicht war es die zufällige Zusammensetzung verschiedener Charaktere, die sich gut ergänzten und als gemeinsamen Nenner Achtung und Respekt nannten, auch wenn es sich wie eine abgedroschene Phrase anhörte. Oder sogar eine war.

Nicola beschäftigte sich schon seit Stunden mit Wittkoffs Leben und nach mehreren nichtssagenden Stellungnahmen und Artikeln war sie auf den Beitrag einer Fachzeitschrift aus dem letzten Jahr gestoßen, der seinen Werdegang zum Inhalt hatte und versuchte, dem Geheimnis seines Erfolgsrezepts auf die Spur zu kommen.

Dort wurde, - mehr oder weniger in einem Nebensatz - erwähnt, dass ihm beste Kontakte zu einem dubiosen Buchmacher nachgesagt wurden. Leider wurde nicht näher darauf eingegangen, aber eine Anfrage bei den Kollegen des Betrugsdezernats könnte Klarheit bringen.

Sie führte ein längeres Telefonat mit einer Kollegin und war am Ende der Überzeugung, dass genügend kriminelle Energie in diesem Bereich steckt, die auch einen Mord zur Folge haben könnte.

Das Dumme dabei war allerdings, dass schon seit zwei Jahren Untersuchungen gegen den Betreiber des Wettbüros liefen, die bisher allesamt erfolglos endeten.

Tackert war auf dem Heimweg und haderte mit der Tatsache, dass die Kollegen der Technik Wittkoffs Handy nicht in seinem Wagen gefunden hatten.

Er bekam zu hören, dass als erstes vorläufiges Ergebnis vieles danach aussah, dass der Range Rover nichts hergab, woraus man hätte schließen können, dass das Fahrzeug in den Ermittlungen von besonderer Bedeutung werden sollte.

Ihre vorläufige Einschätzung war, dass Wittkoff ohne jede Bedrängnis den Wagen verlassen hatte. Was die Frage aufwarf, ob er an dieser Stelle eventuell in ein anderes Fahrzeug umgestiegen war?

Die nächste Möglichkeit, mit den Öffis von hier wegzukommen, gab es erst in knapp vier Kilometern. Und die Abfahrtzeiten waren sehr übersichtlich, besonders nach 20.00 Uhr.

Oder aber, ob sich in unmittelbarer Nähe der Tatort befand?

***

Tackert freute sich auf Elisa.

Sie war, von ihm unbemerkt, nach und nach zum wichtigsten Bestandteil seines Lebens geworden.

War Erde, Sonne, Mond und Universum in einer Person.

»Wie war dein Tag, Richard«, begrüßte sie ihn lächelnd und diese alltägliche Geste war für seine Wohlfühlskala von allergrößter Bedeutung. Es gab nichts und niemanden, was bei ihm eine vergleichbar wohlige Veränderung hervorrief.

»Wir haben einen neuen Fall, wie du dir denken kannst«, entgegnete er. »Einen etwas Merkwürdigen.«

»Inwiefern merkwürdig?«, gab Elisa ihr Interesse zu verstehen.

»Wir haben eine Leiche, die Zusammenhänge andeutet, die eigentlich unvorstellbar sind. Und doch ist es so, dass man sich nicht von einer Intuition lösen kann, die absurd und an den Haaren herbeigezogen klingt.«

»Hört sich spannend an«, wurde Elisa aufmerksam. »Erzähl ...«

»Es gibt Parallelen zu Jasper Hanebuth ...«

»Du meinst den Räuber, der irgendwo am Zoo und in der Eilenriede vor Jahrhunderten sein Unwesen getrieben hat?«, unterbrach sie ihn.

»Genau den meine ich«, bestätigte er und nahm sich eins der Häppchen, die Elisa vorbereitet hatte. Kauend fuhr er fort:

»Also, erstens: Unser Opfer war Pferdezüchter, Hanebuth Pferdehändler. Zweitens: Unser Opfer wurde am Grabstein von Hanebuths Bruder aufgefunden. An der St. Nicolai Kirche. Drittens, und das ist das Verrückteste: Seine Jackentaschen waren leer ... bis auf ein Glöckchen. Ein Glöckchen, wie Jasper Hanebuth es benutzt haben soll. Auch, wenn das nur eine Legende ist.«

»Hm«, wurde Elisa nachdenklich und ließ eine Zeit verstreichen, bevor sie weitersprach. »Reichen diese – wenn auch tatsächlich – merkwürdigen Zusammenhänge aus, um etwas zu konstruieren, was zeitlich so lange auseinander liegt? – Sind denn beide auf dieselbe Art und Weise ums Leben gekommen?«

»Das nun nicht gerade«, erklärte Tackert. »Hanebuth wurde damals auf eine Art und Weise in aller Öffentlichkeit am Steintor zur Schau gestellt, die heute wohl dafür sorgen würde, dass etliche hirnkranke Bürger ihr Handy zückten, um das Video anschließend bei Facebook oder Twitter hochzuladen. - Er wurde gerädert. Unser Opfer wurde dagegen auf fast lapidare Art einfach erschossen.«

»Hm«, machte Elisa nochmal. »Ich kann mir nicht vorstellen, dass es da einen Zusammenhang gibt. Aber nach einem blöden Zufall sieht es auch nicht aus, finde ich.«

»Das finde ich eben auch … und jetzt lässt es mich nicht mehr los«, gab Tackert von sich. »Und wie war dein Tag so?«

»Schön«, griente sie geheimnisvoll. »Die kleine Amelie von nebenan hat mir heute unter dem Siegel der Verschwiegenheit ein Geheimnis anvertraut. So zwischen Schokokeksen und Bananenbrot. - Ihre kleine Schwester ist gestern aus der Mama gekrochen, wie sie sagte. Aber hässlich ist sie. Zerknittert. Essen kann sie auch noch nicht. Außerdem stinkt sie manchmal so fürchterlich.«

Tackert musste lachen.

Die kleine Nachbarstochter war einfach der Hammer und nahm unter den Leuten, deren Gesellschaft er besonders schätzte, mittlerweile den zweiten Platz ein. Gleich hinter Elisa.

Und für einen Moment war vollkommen egal, ob die beinahe vierhundert Jahre Zeitdifferenz von Bedeutung waren oder nicht.

6

Am nächsten Morgen hielt Jan den vorläufigen Untersuchungsbericht des Rechtsmediziners in den Händen.

Demnach wurde Rüdiger Wittkoff durch ein 9 mm Geschoss zwischen 19.00 und 21.00 Uhr getötet. Die Distanz war gering, um die zwei, drei Meter. Sie zerfetzte die linke Herzkammer. Erste toxikologische Untersuchungen ergaben nichts Auffälliges. An seinem Körper befanden sich einige DNA-Spuren, die aber bisher zu keinem Ergebnis führten.

Auch alle weiteren Angaben hatten nichts zum Inhalt, was Jan aufhorchen ließ, und mit dem letzten Satz fasste er im Stillen zusammen, dass Schröders Bericht wenig dazu beitragen konnte, einen vielversprechenden Ermittlungsansatz einzuschlagen.

Wenig später meldete sich auch Ruland, einer der Techniker, und auch dessen erste Ergebnisse waren mehr als nüchtern.

In Wittkoffs Fahrzeug war das einzig Auffallende, dass das Lenkrad akribisch abgewischt worden war. Dort befanden sich keine Fingerabdrücke, nicht ein einziger.

Ansonsten gab es weder Blutspuren noch anderweitige Auffälligkeiten. Nur zahlreiche Fingerprints und DNA konnten sie sicherstellen, aber wie schon bei Dr. Schröder war bisher auch hier jeder Abgleich ergebnislos verlaufen.

Eine zusätzliche Enttäuschung ergab das fest eingebaute Navi.

Der letzte Eintrag einer Zielangabe lag über drei Monate zurück, würde also nicht erklären, wo Wittkoff an seinem Todestag hinwollte.

Der Wissensstand war also ernüchternd.

Fast um die gleiche Zeit wie gestern lenkte Tackert den Wagen auf den Parkplatz des Gestüts, der etwas abseits hinter der Toreinfahrt lag.

Heute war er gemeinsam mit Nicola unterwegs und auch sie war beeindruckt angesichts der optischen Eindrücke.

»Hier kann man´s bestimmt gut aushalten«, war sie fasziniert.

»Wart mal ab, bis du die Familienmitglieder kennengelernt hast«, murmelte Tackert und ließ seinen Blick über den Hof schweifen, ob er Eileen irgendwo entdecken konnte. Die war nirgends zu sehen, aber die beiden Auszubildenden hantierten am Zaun herum, der den Paddock umgab.

Sie unterhielten sich eine Weile mit den zwei Frauen, stellten mehr oder weniger wichtige Fragen, bis Tackert zu dem entscheidenden Punkt kam, der bislang in ihren Befragungen noch überhaupt keine Rolle gespielt hat, dennoch immens wichtig war:

»Die Frage mag vielleicht etwas pikant erscheinen. Trotzdem muss sie ausgesprochen werden, um keine falschen Vermutungen aufkommen zu lassen. Und ich möchte Sie bitten, offen und ehrlich zu antworten. Ist es hier jemals zu sexuellen Belästigungen gekommen? Egal welcher Art. Es wäre auch wichtig, zu erfahren, ob es verdeckte Anspielungen gab oder Ähnliches.«

Die beiden sahen sich an und Dominique übernahm nach nur kurzem Zögern das Wort.

»Nein, eigentlich nicht. Zumindest nichts, was über entsprechende Blicke hinausging.«

»Das sehe ich aber anders«, schaltete sich Laura ein und ihre Vehemenz ließ erahnen, dass sie es ernst meinte.

»Und das trifft nicht nur auf den alten Wittkoff zu. Auch der Sohn ist keinen deut besser. Wie Dominique schon sagte, sind lüsterne Blicke nichts Ungewöhnliches. Denen ist man hier häufig ausgesetzt, zumindest empfinde ich das so. Selbst Anna ist da nicht ausgenommen, und die ist man gerade fünfzehn. Was aber viel schlimmer ist, ist das - wie zufällige – Begrabschen an den Hintern, was der alte Wittkoff in Perfektion beherrschte. Der junge ist dagegen viel direkter. Der lässt es wie einen freundschaftlichen Klaps aussehen und tut dann so, als wäre es vollkommen normal, so wie Händeschütteln.«

»Jetzt übertreibst du aber, Laura«, intervenierte Dominique förmlich. »Das ist doch alles harmlos.«

»Harmlos?«, donnerte Laura los. »Das nennst du harmlos? Nur, weil du dich in Till verguckt hast, ist das noch lange nicht harmlos.«

»Ich habe mich nicht in Till verguckt«, wehrte sich Dominique. »Erzähl hier nicht so einen Blödsinn. Du bist zu empfindlich, das ist es. Was glaubst du, wie es in den Werkstätten aussieht? Oder noch schlimmer, in den Versicherungsbüros? Da bist du als Frau manchmal wirklich angepisst. Dagegen ist das, was hier abgeht, Kinderkacke.«

»Es ist und bleibt eine Belästigung und ich sag dir was: Wenn ich nicht Angst hätte, keine neue Ausbildungsstätte zu finden, wäre ich schon lange weg hier. Wenn es dir nichts ausmacht, dass du als Frau zum Objekt degradiert wirst, mit dem man nach Belieben umspringen kann ... dann tust du mir leid. Ich jedenfalls sehe mich nicht als Spielzeug der männlichen Dominanz.«

»Hä? – Bist du jetzt Feministin geworden? Kein Wunder, wenn du keinen abkriegst ...«

Tackert überlegte, ob der Punkt erreicht war, sich einzuschalten?

Aber die Vergangenheit zeigte, dass derartige Wortgefechte manchmal mehr zu Tage förderten, als eine vernünftige Befragung.

Also schwieg er.

»Du kennst wohl den Begriff Feministin nicht, was? Und wenn: besser eine Feministin, als eine, die immer gleich die Beine breit macht.«

»Das ist eine Unverschämtheit, zu behaupten, dass ich für jeden zu haben bin. Das nimmst du sofort zurück.« Dominique hatte, um ihre Forderung zu unterstreichen, ihre Hand erhoben und Tackert glaubte für einen Moment, sie würde tatsächlich zuschlagen.

Laura machte einen Schritt rückwärts.

»Nichts werde ich, weil ich recht habe. Sowohl der Alte, wie auch Till, sind elende Grabscher. Oder waren. Ich möchte nicht wissen, was Nele oder die Alte dazu sagen würden, wenn die Bescheid wüssten.«

»Wehe, du sagst was. Am Ende fliegen wir beide hier raus. Dann sind wir beide angeschissen.«

»Keine Angst, ich werde dich nicht verpetzen. Wenn du meinst, deinem Liebsten das Vergnügen zu gönnen, dann mach es doch. Dein Problem. Ich für meinen Teil werde nicht mehr lange warten und Nele was stecken, wenn das nicht aufhört. - Die blöde Sau...«

Auf einmal war Stille. Als wäre ein Theaterstück zu Ende.

»Gut«, sagte Tackert, »das war jetzt etwas mehr, als wir zu erfahren gehofft hatten aber ich denke, dass wir uns jetzt doch ein Bild machen können. – Noch etwas anderes: Sind Sie einverstanden, wenn wir zwecks Abgleich, eine DNA-Probe nehmen? Und Ihre Fingerabdrücke werden wir auch brauchen.«

Beide waren dazu bereit und Tackert war erstaunt, dass sich die zwei auf einmal wieder wie normale, erwachsene Menschen benahmen, als sei nie was gewesen. Sowas erlebt man auch nicht alle Tage.

»Was denkst du«, fragte er Nicola, als sie unterwegs waren, um Eileen zu suchen.

»Ich denke, dass beide scharf auf den Sohn sind«, behauptete Nicola. »Der Unterschied ist, dass die eine das Thema verharmlost und die andere die Sache überspitzt. Aber beide schmachten, da bin ich überzeugt.«

»Meinst du wirklich?« Tackert wirkte wenig überzeugt.

»Ja. Das meine ich wirklich. Da herrscht ein Konkurrenzkampf um die Gunst des Mannes. Und beide sind unsicher, welchen Platz sie einnehmen.«

Sie trafen auf Marlene Wittkoff, die vermutete, dass

sich ihre Tochter zurzeit im Stall bei den Hengsten aufhält, um einen Tierarztbesuch vorzubereiten.

»Zehn Minuten, Herr Kommissar«, bat Eileen um Aufschub, als Tackert sie ansprach. »Ich kann das hier jetzt nicht unterbrechen, aber in zirka zehn Minuten bin ich durch. Sie können gerne draußen auf der Bank warten, ich komme dann raus.«

Es dauerte fast zwanzig Minuten, bis Eileen um die Ecke bog.

»Tut mir leid«, entschuldigte sie sich, »hat doch etwas länger gedauert.«

»Frau Wittkoff, wie Sie wissen, haben wir bereits mit allen Familienmitgliedern gesprochen und …«

»Mit Henning noch nicht«, unterbrach sie Tackert, der nicht wusste, wie er diesen Hinweis einordnen sollte. »Meinem Verlobten …«

»Das ist richtig. Das hat sich bisher noch nicht ergeben. Frau Wittkoff, haben Sie einen Verdacht, wer für diese unnütze Tat verantwortlich sein könnte? Wissen Sie von Drohungen, von massiven Anfeindungen?«

»Nein, davon weiß ich nichts«, erklärte sie mit fester Stimme. »Aber mein Vater war alles andere als beliebt. Nicht in der Nachbarschaft, nicht im Verband, nicht im Kreise der Veranstalter. Er war sehr speziell – ja, so könnte man es ausdrücken. Speziell und wechselhaft. Er konnte sehr verträglich sein, wenn er wollte. Aber auch unausstehlich.«

»Dann haben Ihr Bruder und Sie unter ihm gelitten?«

»Nein, wir eher nicht. Oder wenig. Aber unser gemeinsames Umfeld.«

»Verstehe«, meinte Tackert. »Ihre Mutter?«

»Vielleicht. Die hat es nicht so mit Offenbarungen. Ich glaube aber nicht ...«

»Frau Wittkoff, es gab vor zwei Jahren im Rahmen eines Verkaufs ...«

»Sie meinen die Krauses«, unterbrach sie ihn. Dabei verengten sich ihre Augen und ihr Blick verlor jede Neutralität. »Das war eine unangenehme Angelegenheit. Aber Sie dürfen sicher sein, dass uns hier nichts ferner liegt als zu betrügen. Das haben wir, weiß Gott, auch nicht nötig. Unser Gestüt läuft äußerst erfolgreich und wenn sie sich umhören, werden Sie feststellen, dass das Gestüt Wittkoff in Fachkreisen einen ausgesprochen guten Ruf genießt. Und das kann man bestimmt nicht von allen behaupten. – Es war wohl so, dass Kleopatra – also das Pferd – sich innerhalb kürzester Zeit zu einem konkurrenzfähigen Turnierpferd entwickeln sollte und Frau Krause das Tier durch Ungeduld in einen Zustand versetzte, der alle Aussichten auf Erfolg zunichtemachte. Neben den Krauses war das vor allem für Kleopatra eine schmerzliche Erfahrung. So ein Chip ist für das Tier keine angenehme Sache, das können Sie mir glauben.«

Die Erklärung hörte sich stimmig an, war Tackerts spontaner Eindruck. Richtig beurteilen konnte er das nicht.

»Um auf Ihren Vater zurückzukommen«, wechselte er das Thema, »es gab da vor ein paar Monaten in einer Fachzeitschrift so eine Andeutung, dass Ihr Vater eventuell Kontakte zu Kriminellen hatte, denen Manipulationen im Pferdesport nachgesagt werden. Ist Ihnen da was bekannt?«

»Das ist totaler Blödsinn. Ich weiß nicht, was sich der Redakteur dabei gedacht hat. Außerdem sind wir bei hochdotierten Veranstaltungen nur im geringen Maße vertreten. Mit einem oder höchstens zwei Pferden. Sollte es tatsächlich Manipulationen geben, sind da andere Besitzer wohl eher interessant, wir ganz sicher nicht.«

Tackert wollte gerade auf den Range Rover zu sprechen kommen, als Henning, ihr Verlobter, um die Ecke kam und rief: »Schatz, der Tierarzt ist da. Wir müssen ...«

Eileen setzte sich in Bewegung und sagte: »Tut mir leid, das ist wichtig«, und verschwand.

Tackert nutzte die Unterbrechung und sammelte weitere DNA-Proben und Fingerabdrücke ein. Marlene Wittkoff machte keine Probleme, bei Till und Nele musste er reichlich Überzeugungsarbeit leisten, wie später auch bei Eileen und ihrem Verlobten, mit denen er nach dem Besuch des Tierarztes die Befragungen für heute beendete, jedoch ohne besondere Hinweise zu erhalten.

»Ein wirklich attraktiver Mann, der Sohn«, urteilte Nicola beim Verlassen des Hofs. »Ich kann die beiden Mädels schon verstehen, auch wenn er auf mich den Eindruck macht, als wäre er ein sehr oberflächlicher Charakter. Wenn man das nach einem so kurzen Zusammentreffen überhaupt beurteilen kann. Sympathisch war er mir jedenfalls nicht. Irgendetwas hat er an sich, was bei mir eine Ablehnung hervorruft.«

»Auf mich wirkt die ganze Familie irgendwie undurchschaubar. Jeder Einzelne. Aber stelle ich mir die Frage, ob einer unter Umständen als Täter in Betracht zu ziehen ist, lautet meine Antwort: Zum jetzigen Zeitpunkt schwer vorstellbar. Anfreunden kann ich mich jedenfalls nicht mit dem Gedanken.«

»Obwohl quasi niemand dem Alten etwas Positives bescheinigt?«

»Wer sollte ein Motiv haben ... wie sollte das aussehen? Ich weiß nicht ... Hast du die Adresse von diesem Sascha Irgendwas?«

»Sascha Pankowiak. Adresse hab´ ich. Führt ein Wettbüro in Wettbergen. – Denk dran, dass die Kollegen vom Betrug um Vorsicht gebeten haben. Der weiß nicht, dass weiterhin gegen ihn ermittelt wird.«

Sie machten unterwegs eine kurze Essenspause und erreichten wesentlich später als erwartet ihr Ziel.

Das Wettbüro war mäßig besucht und Tackert war gespannt, wie Pankowiak reagieren würde.

Nach dem Austausch nötiger Formalitäten ging Tackert auf´s Ganze:

»Wir ermitteln in einem Tötungsdelikt, Herr Pankowiak. Im Rahmen der Untersuchungen sind wir auf Sie gestoßen und würden gerne von Ihnen hören, in welchen Verhältnis Sie zu Rüdiger Wittkoff standen?«

»Wer?« Pankowiak deutete mit diesem einen Wort schon an, dass er bereit war, sein Talent unter Beweis zu stellen, das Unschuldslamm zu mimen.

»Rüdiger Wittkoff. Der Pferdezüchter.«

»Nie gehört«, tat Pankowiak desinteressiert.

»Das kann aber nicht sein«, blieb Tackert entschlossen. »Es gibt Hinweise, die darauf schließen lassen, dass es Kontakte gab.«

»Was für Hinweise?«

»Das spielt keine Rolle. Beantworten Sie bitte meine Frage.«

»Hab´ ich schon. Ich kenne den Typen nicht.«

»Das kann nicht sein. Vielleicht denken Sie noch mal nach. Rüdiger Wittkoff. Vom Gestüt Wittkoff.«

»Ist mir nicht geläufig.«

»Hat Herr Wittkoff bei Ihnen Wetten abgeschlossen?«

»Nicht, dass ich wüsste.«

»Wo waren Sie am Dienstag zwischen 18.00 Uhr und 22.00 Uhr?

»Wie?«, kam es entrüstet über den Tresen. »Wollen Sie damit sagen, dass Sie mich verdächtigen? Mich?«

»Wo?«

»Keine Ahnung, Mann. Muss ich überhaupt darauf antworten?«

»Sollten Sie besser, ja.«

»Sonst was ...?«

»Werde ich Sie zu einer offiziellen Vernehmung abführen lassen, die dann auch schon mal vierundzwanzig Stunden dauern kann und je nach Ergebnis zu einer Anklage führen könnte. Sowas zieht sich immer in die Länge und bedeutet häufig, wie in Ihrem Fall als Buchmacher, einen nicht unerheblichen Einnahmeverlust.«

Pankowiaks Schauspielertalent bröckelte, wie Tackert zu erkennen glaubte.

»Mann, Mann«, schimpfte er. »Methoden sind das ... Am Dienstag?«

Es entstand eine Pause, und der Mann starrte auf den Tresen, als könne er dort die Antwort finden.

»Am Dienstag? Da war ich bis 20.00 Uhr oder so hier und danach zuhause. - Zufrieden?«

»Kann das jemand bezeugen?«

»Mein Gott! Was weiß ich, wer hier wann noch im Laden war. Meinen Sie wirklich, ich kann mich an jeden einzelnen Kunden erinnern? Die meisten kenne ich noch nicht mal.«

»Aber Herrn Wittkoff kannten Sie ...«

»Nein, verdammt. ICH KENNE IHN NICHT!«

»Herr Pankowiak, wir machen jetzt Folgendes: Morgen um Punkt zehn erscheinen Sie im Präsidium. So haben bis dahin genug Zeit, nochmal genau nachzudenken.«

Tackert kramte eine Visitenkarte aus seiner Jacke und legte sie auf den Tresen.

»Punkt zehn. Und kommen Sie nicht auf die Idee, den Termin verstreichen zu lassen. Auf Wiedersehen.«

Er drehte sich um und verließ mit Nicola gemeinsam das Wettbüro.

»Interessante Herangehensweise«, schmunzelte Nicola. »Glaube aber nicht, dass er sich einschüchtern lässt. Kein Wunder, dass die Kollegen nicht an ihn rankommen.«

»Vielleicht kann uns der Redakteur weiterhelfen? Von irgendwoher muss der ja seine Informationen haben und auch, wenn die Leute ihre Quellen ungern preisgeben, ein Versuch ist es wert. Kannst du dich darum kümmern? Bei einer zarten Frauenstimme sind die Erfolgsaussichten vielleicht größer?«

»Redest du von einer zarten oder einer erotischen

Stimme?«, lachte Nicola.

»Bitte keinen Telefonsex vom Diensttelefon«, tat Tackert ernst. »Man weiß nie, wie das endet.«

Wenig später hockte er an seinem Schreibtisch und sortierte seine Gedanken.

Der kleinen Unzufriedenheit, die sich einschlich, wollte er keinen Platz einräumen und versuchte sich mal wieder abzulenken, indem er seine Goldfische beobachtete. Zehn Exemplare, denen er Götternamen der Antike gegeben hatte, erzielten eine besondere Wirkung bei ihm. Beim Betrachten der schwerelos erscheinenden Bewegungen erreichte ihn meist ein ähnlicher Zustand, wie er zu spüren glaubte. Manchmal fühlte er sich dann wie ein Astronaut, der die Raumstation umrundet, um einen Blick auf die fremdartigen Kreaturen im Inneren zu riskieren, keinen Versuch scheuend, eine Form der Kommunikation aufzubauen.

Jan betrat schwungvoll den Raum und er zuckte ein wenig zusammen.

»Schlaf nicht ein, Richard. Ich bringe verheißungsvolle Neuigkeiten. Die Wittkoff, die Tochter, hat gerade angerufen. Sie hat das Handy des Vaters gefunden. Lag neben dem Pferdehänger, hatte er vermutlich beim Abkoppeln verloren. Ich habe einen Streifenwagen hingeschickt, um es abholen zu lassen.«

»Okay«, sagte Tackert. »Mal sehen, ob uns das weiterbringt.«

»Unabhängig davon haben wir jetzt vorab bereits

sowas wie das Bewegungsprofil. Demnach war das Handy ab 18.22 Uhr in dem Sendemast eingeloggt, der die Signale des Gestüts empfängt und hat sich danach nicht mehr verändert. Heißt: Das Handy hat sich nicht mehr bewegt ... und mittlerweile wissen wir ja auch, warum. Es wird uns also nicht helfen, zu erfahren, wo er sich später noch aufgehalten hat.«

»Mist«, stellte Tackert trocken fest. »Wie weit ist Sonja mit der Verkehrsüberwachung?«

»In den stadteinwärts führenden, verkehrsüberwachten Bereichen ist er bisher noch nicht aufgetaucht, aber sie hat noch nicht mal die Hälfte geschafft.«

Jan verschwand wieder und Tackert starrte erneut auf das Aquarium.

»Jetzt komm schon, Odin«, murmelte er leise vor sich hin. »Ich will die göttliche Nähe spüren. Gib mir ein Zeichen. Gleich welcher Art ...«

Wie aus dem Nichts setzte draußen plötzlich ein heftiger Regenschauer ein. Tackert hatte die dunkle Wolkenwand nicht kommen sehen und blickte überrascht aus dem Fenster.

»Was soll der Scheiß?«, schimpfte er und warf Odin einen vernichtenden Blick zu.

Aber innerlich lachen musste er doch.

Auf dem Heimweg verfolgte ihn die Wolkenwand und drückte auf sein Gemüt.

Kein Gartenteich heute Abend, kein munteres Zwitschern der Vögel.

Aber Elisa hatte ein kleines Nudelgericht gezaubert.

Es roch vielversprechend und Tackert öffnete eine Flasche Wein.

»Ich habe einen Fallschirmsprung gebucht«, offenbarte sie plötzlich, nachdem sie aufgetan hatte.

Tackert blieb fast der erste Bissen im Halse stecken.

»Keine Angst«, lächelte sie. »Nicht für dich. Für mich. Ich wollte das schon immer mal ausprobieren und heute gab es einen Artikel in der Zeitung. Da habe ich mir gesagt: Wenn ich das nicht bald mache, wird das nichts mehr und wenn ich dann irgendwann von der Schachtel zur alten Schachtel werde, ist es zu spät.«

Tackert vergaß das Essen. »Wie, Fallschirmsprung?«

»Weißt du nicht, was ein Fallschirm ist?«

»Natürlich weiß ich das, aber das ist doch viel zu gefährlich.«

»Nur, wenn man die Reißleine nicht zieht«, erklärte Elisa, während sie eine Ladung Nudeln in den Mund schob. »Ansonsten ist jedes Staubsaugen oder jede Bordsteinkante gefährlicher.«

»Aber ... aber ... du bist jetzt Mitte Fünfzig.«

»Eben.«

»Stell dir vor, du stürzt bei der Landung. Oberschenkelhalsbruch, das ganze Theater ...«

»Dann sollte man zusehen, dass man nicht stürzt.«

»Und wenn doch?«

»Dann musst du mich jeden Tag im Krankenhaus besuchen und mir frische Blumen und Schokolade mitbringen. - Schokolade wäre wichtiger.«

Tackert griff zum Rotwein, schenkte großzügig ein und nahm einen kräftigen Schluck.

»Du musst dich deswegen aber nicht gleich betrinken«, lachte Elisa. »So ein Fallschirmsprung ist ein einmaliges Erlebnis. Etwas Besonderes. Der freie Fall aus dreitausendfünfhundert Metern, das Adrenalin, die Bewusstseinserweiterung ...«

»Hä? Willst du dir vorher was reinpfeifen?«

»Das Gefühl von Freiheit, grenzenloser Freiheit ...«

»Kauf dir ´ne Schachtel *Marlboro*.«

»Der Wind, der dir ins Gesicht peitscht, das Haar zerzaust ...«

»Vergiss die Kippen. Kauf dir *3-Wetter-Taft*, hält bei jedem Wetter ...«

Elisa nahm jetzt auch einen Schluck Wein. »Ach, ich freue mich da richtig drauf.«

»Weiß deine Mutter schon davon?«

»Noch nicht. Wenn ich der das erzähle, wird sie bestimmt auch springen wollen.«

»In ihr Verderben?«

»Sei nicht so negativ, Richard. Oder gönnst du mir den Spaß nicht?«

»Natürlich gönne ich dir den Spaß und ich hoffe für dich, dass sich alle Erwartungen erfüllen werden. Aber ein bisschen Angst habe ich schon um dich.«

»Musst du aber nicht. Das sind alles erfahrene Leute, die einen auf dem Weg nach unten begleiten.«

»Ins Reich der Toten?«

»Richard!«

»Elisa! – Wann soll denn das Spektakel starten?«

»Erst im August. Vorher sind alle Termine belegt.«

»Das ist gut«, war Tackert zufrieden und kratzte die

Reste von seinem Teller zusammen. »Dann hast du ja genügend Zeit, dir das nochmal zu überlegen.«

Tackert erhob sein Glas und sagte feierlich: »Trinken wir darauf, dass deine Knochen Mutter Erde so erreichen werden, wie es der Bauplan vorsieht. – Auch, wenn es sich nicht so anhört, ich freue mich mit dir, Elisa.«

»Ich weiß doch«, sagte sie fröhlich und verschwand in der Küche.

Später fragte Elisa noch, wie es denn mit dem Stand der Ermittlungen aussieht?

»Die befinden sich auch irgendwie im freien Fall«, reagierte Tackert müde.

»Noch …«

7

Am nächsten Morgen trafen sie sich zu einer Besprechung. Tackerts ersten Worte gingen an Jan.

»Hast du anhand des Handys schon rausbekommen, ob es Kontakte zu dem Buchmacher gab?«

»Ja, gab es. Liegt aber schon acht Monate zurück. Ein ausgehender, ein eingehender Anruf. Von einem regelmäßigen oder gar intensiven Kontakt kann also nicht die Rede sein.«

»Reicht aber, um für die Zukunft persönliche Treffen zu vereinbaren.«

Sven hatte recht. Und doch hatte es nichts zu bedeuten, ließ also Spekulationen in beide Richtungen zu.

»Egal«, sagte Tackert. »Hauptsache ist, dass sie mal miteinander zu tun hatten. – Gibt es neue Ergebnisse der Techniker?«

»Der Wagen gibt nicht viel her«, informierte Sonja die Kollegen. »Es gibt reichlich Spuren von dem Sohn und der Tochter, was kaum verwundert. Außerdem zwei unbekannte DNA. Ansonsten bisher nichts.«

»Was ist mit den Bildern der Verkehrsüberwachung?«

»Ohne Ergebnis. Wenn er nicht ausschließlich über Nebenstraßen stadteinwärts gefahren ist, woran ich nicht glaube, dann ist er nach Norden gefahren, Richtung Isernhagen NB.. Keine Chance, da was nachzuvollziehen.«

»Hat das Telefonat mit dem Zeitungsredakteur was ergeben, Nicola?«

»Kann man nicht behaupten. Er sagt, dass dieser

Punkt durch nichts zu belegen war, daher auch der magere Kommentar. Trotzdem gibt es wohl diese Vermutungen. Und sie sollen nicht nur aus einer Quelle stammen. Er wollte aber nicht damit rausrücken, wer sie in Umlauf gebracht hat. Übrigens fand im Rahmen seiner Recherchen ein persönliches Interview mit dem alten Wittkoff statt. Auf das Thema angesprochen, soll er wirsch reagiert haben und alles als kompletten Blödsinn abgetan haben.«

»Was auch sonst«, warf Sven ein. »Wie sicher ist das überhaupt, dass der Pankowiak krumme Geschäfte macht? Was sagen denn die Leute vom Betrugs-Dezernat?«

»Die sagen, dass vieles darauf hindeutet. Extrem hohe Einsätze auf Außenseiter, die erfolgreich verlaufen, zweifelhafte Buchungsbelege, die manipuliert erscheinen, Doping-Verdachtsfälle, seltsam viele Tore in Drittliga-Begegnungen, die ganze Palette. Aber es gelingt ihnen nicht, handfestes Material zusammenzutragen, so das es für eine Anklage reicht. Die warten quasi darauf, dass er einen Fehler begeht.«

»Kann es sein, dass Wittkoff sich auf irgendeinen Mist eingelassen hat, und dann einen Rückzieher machte?« Sonja war anzumerken, dass sie sich mit der These anfreunden könnte. »Das wäre zumindest endlich mal ein Motiv.«

»Und ganz nebenbei noch zwanzigtausend einkassieren, ist auch nicht ohne …«

»Warum aber dann«, gab Nicola zu bedenken, »der ganze Aufwand mit der Leiche? Hätte es nicht gereicht, ihn einfach am Tatort liegen zu lassen? Wo auch immer der sich befinden mag.«

»Ein Ablenkungsmanöver?«

»Möglich. Würde dann aber auch auf einen Täter aus der Familie zutreffen.« Jan sprach aus, was eigentlich allen klar war, aber von niemandem bisher so deutlich in den Vordergrund gestellt wurde.

»Es kann auch ein ganz normaler Raubüberfall mit Todesfolge gewesen sein«, überlegte Sven. »Auch wenn es in einem solchen Fall noch unwahrscheinlicher ist, was mit dem Leichnam passiert ist.«

»Vielleicht ist es vollkommen falsch, davon auszugehen, dass das Opfer bewusst dort abgelegt wurde? Vielleicht wurde er in einem Fahrzeug getötet, gleich um die Ecke? Vielleicht ist der Grabstein ohne jede Bedeutung, genauso wie die berufliche Übereinstimmung. Und das Glöckchen hat einen ganz lapidaren, alltäglichen Hintergrund.«

»Das sind auch meine Überlegungen«, schloss sich Tackert Sonjas Gedankengang an. »Welches Motiv sollte vorliegen, vierhundert Jahre alte Vorkommnisse auszugraben, um sie zur Grundlage eines Mordes zu machen? Allerdings muss ich zugeben, dass mir diese Theorie irgendwie auch immer noch gefällt, nur sehe ich außer Rache keine Verbindung. Und ein Hirn, das nach der langen Zeit Rachegelüste entwickelt, muss schon sehr krank sein.«

»Wie du weißt, laufen von denen genug rum«, kam es von Sonja.

»Stimmt«, bestätigte Tackert. »Also: Jemand muss mit

der Käuferin aus Celle, der Frau ... äh ... den Namen finde ich jetzt nicht, reden. Nicht, dass da jemand die Geldübergabe beobachtet hat. – Ist es eigentlich üblich, solche Geschäfte bar abzuwickeln? – Mit der Anna vom Gestüt will ich auch noch reden. Das werden Nicola und ich übernehmen. Außerdem sollte jemand eine Aufstellung aller Vereinsmitgliedschaften zusammenstellen. Vielleicht bringt uns das weiter.«

Mittlerweile war es 10.00 Uhr geworden und Tackert machte sich gemeinsam mit Sonja auf den Weg, um Pankowiak zu verhören. Entgegen seiner Befürchtung war er tatsächlich erschienen und wartete bereits seit einer viertel Stunde.

Trotzdem ließ er sich Zeit.

Pankowiak sollte ruhig ein wenig zappeln.

»Ich bin immer für einen direkten, geraden Weg, Herr Pankowiak. Also machen wir es kurz. Am achten August letzten Jahres hatten Sie einen Anruf von Rüdiger Wittkoff. Am nächsten Tag erfolgte Ihrerseits ein Telefonat mit derselben Person. Wollen Sie immer noch behaupten, Herrn Wittkoff nicht zu kennen?«

»Wann soll das gewesen sein?«, kam die von Tackert erwartete Rückfrage.

»Achter August. Neunter August.«

»Mein Gott. Das ist ja Monate her. Was glauben Sie denn, wie viele Telefonate ich tagtäglich führe. Fünfzig? Sechzig ... oder mehr? Da kann ich mich doch nicht an jeden Einzelnen erinnern, vor allem, wenn es Monate zurückliegt.«

»Aber an jemanden wie Herrn Wittkoff, immerhin der Besitzer des Gestüts Wittkoff, werden Sie sich doch sicherlich erinnern?«

»Warum sollte ich?«

Sonja schaltete sich ein. Viel zu früh, wie Tackert glaubte.

»Herr Pankowiak, die Masche hatten wir hier schon tausend Mal und glauben Sie mir, bisher hat sie noch nie zu etwas geführt. Ich weiß nicht, wie viel Zeit Sie eingeplant haben aber, wenn das so weitergeht, werden Sie das Präsidium nicht so bald wieder verlassen.«

»Spätestens in vierundzwanzig Stunden, denke ich.«

Scheiße, der Punkt ging an Pankowiak, gab Sonja im Stillen zu.

»Wir werden sehen ... Also, welchen Inhalt hatte Ihr Gespräch?«

»Daran kann ich mich nicht mehr erinnern. Vielleicht wollte er einen Tipp von mir. Viele Leute rufen mich an und erwarten eine Tendenz zu einer bestimmten Sportveranstaltung.«

»Eine Tendenz?«

»Ja. Die Leute glauben, dass wir als Buchmacher den Ausgang eines Rennens, eines Spiels, quasi voraussagen können. Vor allem, seit sich die Branche ins Internet verzogen hat, wo Anonymität vorherrscht, kommen häufig derartige Anfragen. Es gibt doch kaum noch Wettbüros in der Stadt, deswegen rufen die Leute *mich* an. Aber zu erwarten, Ergebnisse vorauszusehen, ist natürlich völliger Quatsch. «

»Hat Ihnen Herr Wittkoff einen Deal angeboten? Oder

andersrum?«

»Hä? Was für einen Deal?«

»Vielleicht eine kleine Schummelei?«

Tackert war wenig begeistert, vom Vorpreschen Sonjas. Er glaubte, dass diese Taktik nicht aufgehen wird.

»Was für eine Schummelei? Ich betreibe ein sauberes Geschäft. In siebzehn Jahren gab es nicht die kleinste Beschwerde.«

»Kommen wir auf Herrn Wittkoff zurück«, übernahm Tackert wieder die Leitung. »Ich glaube Ihnen kein Wort. Egal, wie oberflächlich der Kontakt vielleicht gewesen sein mag, aber ich bin sicher, dass Sie sich an das Telefonat erinnern. Dieser Mann stand etliche Jahre im Vordergrund, wenn es um den Reitsport ging. Jedermann war der Name geläufig. Das Gestüt Wittkoff bei fast jeder Reitveranstaltung vertreten. Und Sie wollen mir erzählen, sich nicht an ihn zu erinnern?«

»Aber wenn es nun mal so ist?«

»So ist es aber nicht.«

»Doch. Genau so. Nochmal: Ich kann Ihnen nicht sagen, worum es ging. Ich kann mich beim besten Willen nicht daran erinnern.«

»Hatte das Telefonat ein persönliches Treffen zur Folge?«

»Ganz sicher nicht.«

»Sie sind ihm also nie begegnet?«

»Sie stellen immer die gleichen Fragen und erhalten immer die gleichen Antworten. Ich kann Ihnen nichts anderes sagen ...«

»Doch. Die Wahrheit.«

»Das ist die Wahrheit.«

Das Ganze ging noch fast eine Stunde so weiter, bis Tackert die Schnauze voll hatte.

Pankowiak würde auch in zwanzig Stunden nicht von seiner Masche abweichen und auch nur irgendetwas erzählen. Frustriert beendet er die Vernehmung und schickte ihn fort.

»Was für ein windiger Hund«, resümierte Sonja. »Und wenn du mich fragst, ist der zu allem fähig. Auch zu einem Mord.«

»Kann sein«, sinnierte Tackert. »Wenn es zum Beispiel zu einer Zusammenarbeit kam und Wittkoff sich nicht als *der* Partner herausstellte, der von ihm erwartet wurde. Aber ein Mord? Da müsste schon etwas mächtig schief gelaufen sein ...«

8

Anna wohnte, keine zehn Minuten Fußweg vom Gestüt entfernt, mit ihren Eltern und einem Bruder in einer ruhigen Seitenstraße.

Das freistehende Einfamilienhaus aus den Sechzigerjahren machte einen gepflegten aber auch langweiligen Eindruck. Dafür zog der Garten, der das Gebäude umrundete, alle Blicke auf sich. Ein Meer aus Farben, aufwendig und mit viel Herz gestaltet.

Die Frau, die Tackert und Nicola die Tür öffnete, stellte sich als Annas Mutter vor, und lenkte die beiden in einen persönlich und individuell eingerichteten Wohnraum. Tackert hatte den Eindruck, eine stolze und resolute Frau vor sich zu haben, die genau wusste, wo ihre Stärken lagen.

»Was für eine schreckliche Geschichte«, sagte sie mit sanfter Stimme. »Anna macht sich ein wenig Sorgen, ob sie morgen überhaupt auf den Hof gehen soll, oder ob das zu diesem Zeitpunkt pietätlos aussehen könnte? Aber die Tiere müssen ja trotzdem versorgt werden, das nützt ja alles nichts.«

Anna, die neben ihrer Mutter saß, rutschte nervös auf ihrem Stuhl rum. Sie sah deutlich älter als fünfzehn aus, dachte Tackert. Ihre Gesichtszüge hatten etwas Jugendliches, aber auch wiederum nicht. Das brünette, schulterlange leicht lockige Haar fiel ihr wie ein Wasserfall in eine Gesichtshälfte.

»Ich denke, du – ich darf doch du sagen, oder? – du

solltest dir da keine Gedanken machen. Der Betrieb muss ja aufrecht erhalten werden und auch, wenn die Stimmung verständlicherweise etwas bedrückt ist, läuft alles wie immer weiter, meine ich. – Anna, ich habe ein paar Fragen: Wie lange bist du schon auf dem Hof?«

Als Anna zu sprechen begann, war Tackert überrascht, wie tief und rauchig ihre Stimme klang.

»Seit drei, vier Jahren?«

»So lange schon? Und ist dir in all der Zeit etwas irgendwie komisch vorgekommen? Gab es mal Streit?«

»Nee«, schüttelte sie den Kopf. »War alles wie immer«. Sie schaute an Tackert vorbei und richtete ihren Blick auf einen Punkt an der Wand. »Höchstens letzte Woche Montag. Da war ein Fremder auf dem Hof, mit dem Herr Wittkoff heftig rumdiskutiert hat. Ich weiß aber nicht, warum.«

»Kannst du den Mann beschreiben?«

Sie zuckte leicht die Schultern. »Nee, ich glaube nicht. Sah aus wie die Meisten. Ich habe auch nicht so genau hingesehen, weil ich gerade auf die Koppel wollte.«

»Hast du vielleicht ein fremdes Auto auf dem Hof stehen sehen?«

»Da habe ich überhaupt nicht drauf geachtet.«

»Gut. Was anderes: Ich hatte bisher, jedes Mal wenn ich auf den Hof kam, den Eindruck, dass alle, denen ich begegnet bin, ein wenig ... mürrisch waren. Habe ich mich da getäuscht?«

Die Mutter setzte an, um zu antworten, aber Tackert gab ihr zu verstehen, dass er eine Stellungnahme von Anna erwartete.

»Mürrisch? – Nö. Würde ich nicht sagen. Mit Dominique und Laura gibt´s genug zu lachen. Die sind echt cool.«

»Und die Wittkoffs?«

»Na ja. Eileen und Till sind meistens nett und mit Frau oder Herrn Wittkoff habe ich ja nicht so viel zu tun.«

»Wer teilt dir denn die Arbeit zu, die du verrichten sollst?«

»Meistens Eileen. Aber es sind sowieso immer die gleichen Sachen. Für gewöhnlich ausmisten, Striegeln, Heu holen und so.«

»Und du wirst dafür bezahlt.«

»Nee. Aber ich kann umsonst reiten.«

»Das ist ja nicht schlecht«, glaubte Tackert, sagen zu müssen.

Er steuerte auf die Frage zu, die gestellt werden musste und suchte nach einer vernünftigen Formulierung.

»Und du fühlst dich dort wohl?«

»Ja. Natürlich.«

»Gab es etwas ... in der Vergangenheit, was dir unangenehm war?«

Annas Mutter ahnte, worauf das hinauslaufen sollte, und schaltete sich ein.

»Herr Tackert. Wenn Sie etwas zu sagen haben, dann sprechen Sie es ruhig aus. Anna ist zwar erst sechzehn – genaugenommen wird sie das in zwei Tagen – aber sie ist erwachsen genug, um Fragen der Sexualität zu beantworten.«

Tackert räusperte sich. Bei Nicola glaubte er zu

erkennen, dass sie ein Grinsen nicht verbergen wollte.

»Gut: Wurdest du jemals auf dem Hof belästigt? Hat dich jemand angefasst, bist du verbal ... wie soll ich sagen ...«

»Nein, Herr Kommissar. Jede Woche Schule beinhaltet mehr Belästigung als ein Jahr auf dem Hof. Ein frivoler Spruch, vielleicht ja. Ein anzüglicher Witz, vielleicht auch mal. Doch selbst in dieser Hinsicht ist die Schule schlimmer. - Aber niemals eine deutliche Belästigung, wie Sie es ausdrücken würden. Mich hat noch nie jemand dort betatscht, angefasst. Noch nie.«

»Da achten wir auch sehr drauf«, kam es mit Ausdruck von der Mutter. »Bei dem kleinsten Vorfall hätten wir Anna sofort vom Hof genommen. Und natürlich Anzeige erstattet. Mein Mann und ich sind auch überzeugt davon, dass sie was gesagt hätte. Wir vertrauen ihr da ganz.«

»Wir müssen das Thema ausschließen, Sie verstehen?«, rechtfertigte sich Tackert unnötigerweise.

»Sie suchen nach einem Motiv, stimmt´s?« Die Frau lauerte förmlich und sah Tackert herausfordernd an.

»Ja«, gab Tackert ohne Umschweife zu. »Bisher fehlt einfach jeder Hinweis.«

Annas Mutter richtete sich auf und schlug die Beine übereinander. Die eine Hand spielte am Ohrring.

»Wie wär´s mit Betrug?«

Anna sah ihre Mutter entsetzt an.

»Was soll das, Mama? Das ist nicht fair. Außerdem kannst du nicht etwas behaupten, von dem du nicht mal weißt, ob es stimmt.«

Tackert und Nicola schauten sich an. Schon wieder das

Thema Betrug?

»Was meinen Sie genau?«, fragte Nicola.

»Der alte Wittkoff soll es hin und wieder beim lukrativen Verkauf seiner … nein, nicht seiner … also beim Verkauf der Hengstsamen nicht so genau genommen haben. Es gab da wohl Streitereien mit anderen Züchtern. Hört man zumindest. Aber …«

»Mama!« Der Tochter war anzusehen, wie sauer sie war. »Was erzählst du da? Du kannst doch nicht behaupten, dass er betrogen hat. Außerdem habe ich nie gesagt, dass da wirklich was dran ist. Ich habe nur gesagt, dass Dominique und Laura das Gefühl haben, da könnte was nicht mit rechten Dingen zugehen.«

»Dann hatten also die beiden den Eindruck, dass beim Verkauf der Samen manipuliert wurde?«, blieb Nicola am Ball. »Wann war das denn?«

»Vor vier, vielleicht auch fünf Monaten? Ist jedenfalls schon länger her«, erklärte Anna.

»Bestand dieser Verdacht nur ein einziges Mal, oder kam das öfter vor?«

»Keine Ahnung. Da müssen Sie schon die beiden fragen.«

Wenig später beendete Tackert das Gespräch und fuhr zum Gestüt.

Die beiden Auszubildenden machten gerade eine Pause und saßen in der Sonne auf einer Bank.

Tackert brachte das Thema sofort zur Sprache, aber offensichtlich war Annas Mutter von ihrer Tochter nicht richtig informiert worden.

»Nein, nein«, wollte Dominique richtigstellen. »Da

wurden nur zwei Bestellungen vertauscht. Herr Wittkoff hat am nächsten Tag alles aufklären können. Hat sich also alles als ganz harmlos herausgestellt, was Anna später vermutlich nicht mitbekommen hat. Da war nichts.«

»Kam es später noch mal zu Beschwerden dieser Art?«

»Ich glaube, nicht. Und wenn, wissen wir nicht davon.«

Tackert und Nicola gaben sich damit zufrieden, wussten aber nicht so genau, ob sie das wirklich waren. Vor allem bei Tackert waren leichte Zweifel vorhanden. Der Begriff »Betrug« ist in den letzten zwei Tagen zu oft aufgetaucht.

Die Techniker hatten die Suche in Kananohe aufgegeben. Mittlerweile war ein größerer Radius abgesucht worden und gefunden hatten sie nichts. Gar nichts. Erst recht keinen Hinweis darauf, dass Wittkoff in der Nähe seines Wagens erschossen wurde.

Demnach blieb als Schlussfolgerung nur die Vermutung, dass das Opfer in ein anderes Fahrzeug wechselte, vermutlich in das des Täters. Und das offensichtlich freiwillig.

Also kannte man sich.

Oder aber zu Fuß in das weitläufige Waldgebiet verschwunden war, was aber ausgeschlossen wurde.

Dem einzigen halbwegs befestigten Weg waren zwei der Ermittler gefolgt, konnten keine verdächtigen Spuren entdecken, und kehrten nach 1,5 km wieder um. Einen hundert Kilo schweren Leichnam über diese Strecke zu bewegen, hätte Stunden gedauert.

Jan war schon den ganzen Tag mit dem Handy beschäftigt und versuchte, Auffälligkeiten herauszufiltern.

Es gab eine Vielzahl von Kontakten.

Einige waren problemlos zu identifizieren, andere dagegen blieben vorerst schwer einzuordnen.

Einige Nummern stachen ins Auge, da sie häufig angewählt wurden, was sich aber meistens einfach erklären ließ. Andere gingen unter und er musste sich konzentrieren, um nichts zu übersehen.

Der WhatsApp-Verlauf schien nichtssagend. Das übliche Geplänkel mit Essens-Fotos, Mama im Haushalt, die Tochter beim Stall ausmisten und der Sohn mit seinen frisch gewaschenen SUV. Und Pferde, Pferde, Pferde. Der Fotoordner war da schon interessanter, auch wenn vieles dabei war, was er im Augenblick nicht zuordnen konnte.

Unter den Mails und SMS-Nachrichten ließ sich auf den ersten Blick auch nichts Besonderes finden und das sollte sich bis zum Feierabend auch nicht ändern.

Sven und Sonja kehrten am späten Nachmittag aus Celle zurück, auch ohne nennenswerte Neuigkeiten.

Frau Sauerbier war der Meinung, dass man auch heutzutage Geschäfte in der Landwirtschaft durchaus bar abwickeln durfte und man sich nicht wegen jedem Mist dem technischen Fortschritt unterwerfen müsse.

Ihr Vater hatte das so gehandhabt, ihr Großvater auch,

warum also sollte sie davon abweichen?

Von der Geldübergabe wusste niemand. Niemand hätte zufällig etwas mitbekommen können, da weit und breit keine Menschenseele zu sehen war.

Tackert sah sich bestätigt. An einen Raubüberfall glaubte er sowieso nicht und verschwendete nur ungern einen Gedanken daran.

Wir müssen den Tatort finden, sagte er sich. Aber sollte Wittkoff tatsächlich in ein anderes Fahrzeug gestiegen sein, könnte der überall liegen. Auch weit außerhalb der Stadt.

Oder die Tatwaffe.

Diese Chance jedoch stufte er als verschwindend gering ein.

In Gedanken machte er eine Aufstellung der bislang involvierten Personen:

Pankowiak ? – Denkbar

Familie? – Bedingt denkbar, obwohl ...?

Dominique/Laura? – Möglich, aber warum ...?

Anna? – Kaum vorstellbar. Nein, die konnte er streichen.

Krause? – Sehr unwahrscheinlich.

Sauerbier? – Nein.

Unbekannter Fremder auf dem Hof? – Noch ohne Gewicht, da unbekannt.

Das war nichts, stellte er fest. Absolut nichts. Verdammt.

Er packte seine Sachen und machte Feierabend.

Zuhause angekommen, zählte er drei mickrige Punkte auf seiner Wohlfühlskala.

»Wir sollten für unsere Nachbarn noch eine Kleinigkeit zur Geburt besorgen«, empfing ihn Elisa. »Die kleine Amelie sagt, dass die Mama und das Baby morgen nachhause kommen.«

»Hm. Hast du eine Idee?«

»Vielleicht was zum Anziehen?«, schlug Elisa vor.

»Das finde ich langweilig. Lieber was anderes.«

Elisa überlegte. »Ein Spielzeug?«

»Fände ich besser, aber vielleicht fällt uns ja noch was Außergewöhnliches ein.«

»Was meinst du mit außergewöhnlich?«

»Etwas, was nicht jeder schenkt. Was Überraschendes.«

»Und was soll das sein?« Bei Elisa baute sich eine Vorahnung auf, worauf die harmlose Unterhaltung hinauslaufen könnte. Mittlerweile glaubte sie, ihm ansehen zu können, wenn er sich von jeder Ernsthaftigkeit entfernte.

»Vielleicht sowas wie ... wie eine Dauerkarte von Hannover 96.«

»Hä? – Was soll sie denn damit?«

»Für das Jahr 2038.«

»2038?«

»Ja. Dann ist sie achtzehn, 96 wieder in die Erste Liga aufgestiegen, und kann sich auf dem freien Markt umsehen.«

»Was? Warum sollte sie sich umsehen wollen?«

»Um sich einen millionenschweren Fußballer zu angeln.«

»Und dann?«

»Lässt sie sich wieder scheiden, sackt ein Vermögen

ein und kann sich auf die Suche nach der Liebe ihres Lebens machen.«

»Toll!«

»Und vorausschauend.«

»Du spinnst, Richard.«

»Das mag sein ... aber ein außergewöhnliches Geschenk wäre es trotzdem.«

»Jetzt mal ernsthaft, Richard. Hast du einen Vorschlag?«

Tackert dachte angestrengt nach.

»Einen Werkzeugkasten. Hundertachtunddreißg Teile, Handwerker Qualität.«

»Richard!«

»Okay. Ich bin für ein Kuscheltier. Einen Freund fürs Leben, sozusagen. Zumindest solange, bis ein gutaussehender, unwiderstehlicher junger Mann kommt und ihr den Kopf verdreht. Vielleicht ist es ja sogar ein Fußballer ...«

Elisa lächelte.

»Also doch nichts Außergewöhnliches?«

»Was meinst du genau?«, erkundigte sich Tackert, jetzt besser gelaunt. »Das Geschenk ... oder meine Vision?«

»Beides, Richard. Beides ...«

Als Tackert zu Bett ging, zählte er sechs Wohlfühlpunkte. Kurz bevor er einschlief, umarmte er jeden Einzelnen von ihnen und war zufrieden.

Die Nacht träumte er von Jasper Hanebuth, der seinen Folterknechten gestand, den Pferdezüchter Rüdiger Wittkoff durch einen gezielten Schuss vom Leben zum Tode befördert zu haben.

Weil dieser ihm gewaltsam sein Glöckchen abgenommen hatte.

9

Rüdiger Wittkoff hatte im Laufe von Jahren gute Kontakte geknüpft und gepflegt. Er unternahm und unterstützte alles, was das Gestüt voranbringen konnte. Beitragszahlungen an verschiedene Vereine und Verbände schienen selbstverständlich.

Jan staunte nicht schlecht, wie verzweigt sein Netzwerk war und welche Möglichkeiten sich daraus ergaben.

Aber welchen Sinn sollte eine Mitgliedschaft in einem Förderverein Stiftung Kinder- und Jugendhilfe haben? Eine soziale Ader hatte ihm bisher niemand nachgesagt und auch sonst wies nichts in diese Richtung.

Die Mail war eine zwei Jahre alte Danksagung hinsichtlich einer Spende über zweitausend Euro.

Dann müssen seine wirtschaftlichen Erfolge eine gewisse Absicherung erreicht haben, schlussfolgerte er. Mal eben eine solche Summe raushauen kann nicht jeder. Und wenn, macht es nicht jeder. Also wird es einen Grund geben. Aber wie könnte der aussehen?

Das Internet zeigte sich mal wieder als erstklassige Informationsquelle.

Sehr ausführliche Schilderungen des Fördervereins hinsichtlich Zielsetzung, Alltag, Betreuung und vielem mehr konnte man auf der Homepage nachlesen und je detaillierter die Texte wurden, umso mehr erhärtete sich ein Verdacht.

Aber das zu klären, würde Voraussetzungen mit sich

bringen, die vielleicht nicht so einfach zu erfüllen wären. Vermutlich eine Frage der Rechtsgrundlage?, schätzte er. Oder eine Frage der äußerst geschickten Herangehensweise.

Ach, soll das Tackert entscheiden.

Der unterhielt sich gerade mal wieder mit den Fischen und stellte zum hundertsten Mal fest, dass diese Unterhaltungen zu einseitig verliefen. Kein Anzeichen von Gesprächsbereitschaft, schlimmer als in der Politik. Schlimmer auch als in Scheidungsangelegenheiten.

Vielleicht sollte er sich doch mal ernsthaft damit auseinandersetzen, Namensänderungen vorzunehmen.

Vielleicht große Namen der Filmgeschichte?

Aus Odin könnte E.T. werden, aus Wotan Dr. Schiwago, aus Osiris Hannibal Lektor ... Nein, der besser nicht. Nachher zieht das noch ungewollte Konsequenzen nach sich und im Aquarium würden Angst und Terror ausbrechen. Und das galt es, zu vermeiden.

Die Tür flog auf und Jan trat ein, um ihn von der Neuigkeit zu unterrichten.

»Förderverein Stiftung Kinder- und Jugendhilfe?«, wiederholte er fragend. »Interessant. Konntest du nachvollziehen, wie es zu dieser Verbindung kam?«

Jan schüttelte den Kopf.

»Nein. Ich kann nur spekulieren. Ich vermute, dass eines der Kinder in der Vergangenheit einen Platz in einer Einrichtung hatte. Und dann wäre natürlich wichtig, zu erfahren, warum? Das könnte einiges verändern.«

»Allerdings.« Tackert überlegte nicht lange. »Ich fahre da nochmal hin. Mal sehen, ob sich die Mutter dazu äußern wird. – Mir ist noch was anderes eingefallen. Kannst du bitte überprüfen, ob auf ein Familienmitglied Schusswaffen zugelassen sind?«

***

Nicola waren die spärlichen Informationen über Henning, Eileens Verlobten, sowie das kurze Zusammentreffen zu wenig. Sie durchsuchte die Datenbank nach dem Namen Henning Strauch, wurde aber nicht fündig. Danach gab sie den Namen in die Suchmaschine ein und wie befürchtet, warf dieser Allerweltsname im Internet Massen an Einträgen raus.

Nach einer ganzen Weile wurde sie auf einen Beitrag aufmerksam, der sich kontrovers mit der Frage auseinandersetzte, inwieweit es sinnvoll war, landwirtschaftliche Fläche in Bauland umzuwandeln? Hier gab es auch ein Forum, in dem unter anderem ein H. Strauch, scheinbar unter seinem Klarnamen, einen Beitrag verfasst hatte:

... wäre es eine große Dummheit, diese nutzlosen Weideflächen nicht zu verkaufen, zudem, wie es sich in unserem Fall verhält, die Grundstückspreise nicht zu verachten sind. Ein auf alle Zeit sorgloses Leben ist doch erstrebenswerter, als einen mühsamen Zuchtbetrieb am Leben zu erhalten, oder? ...

Nicola schaute auf den Bildschirm und versuchte abzuschätzen, ob die Namengleichheit ein Zufall war? Der Beitrag war vor zehn Monaten verfasst worden und war der einzige dieses Lesers in dem Forum.

Vorausgesetzt, der Verfasser war wirklich unser Henning Strauch und weiter vorausgesetzt, Eileen sah die Sache genauso, könnte man den Eindruck gewinnen, dass die Zukunft des Gestüts Wittkoff einen unerwarteten Weg einschlagen wird, wenn der Alte erst mal unter der Erde liegt. Besonders dann, wenn ihr Bruder das ähnlich sieht. Die Mutter würden sie schon irgendwie in die Knie zwingen.

Aber war es realistisch, diesem Gedanken Raum einzuräumen? War die Bindung der beiden Kinder an das Gestüt wirklich so lose, das Interesse so gering?

Wenn Tackert wieder im Haus war, wollte sie ihn unterrichten. Sie war gespannt, wie er die Sache bewertete.

Tackert hatte sich telefonisch angemeldet, ohne sich über den Grund seines erneuten Besuchs zu äußern. Als er sein Fahrzeug verließ, stellte er fest, dass heute zum ersten Mal reges Treiben herrschte.

Till und Eileen waren gerade mit drei unbekannten Frauen in ein intensives Gespräch vertieft. In der Ferne erkannte er Laura, die an einem Pferd herumhantierte. Dominique verschwand in einem Stall und selbst die kleine Alexandra stokelte über den Hof.

Marlene Wittkoff begrüßte ihn höflich. Tackert glaubte, dass sie heute erholter wirkte.

»Haben Sie Neuigkeiten, Herr Kommissar?«, fragte sie, ohne ein besonderes Interesse zu zeigen.

»Leider nein«, bedauerte Tackert. »Der Grund meines Besuchs liegt woanders. Frau Wittkoff, wir sind im Rahmen der Ermittlungen auf etwas aufmerksam geworden, was wir uns nicht erklären können, denken aber, dass Sie helfen können, um die Sache zu verstehen. Es geht um mindestens eine Zahlung, die Ihr Mann veranlasst hatte. Über zweitausend Euro. Ist schon eine Weile her. Und zwar an den Förderverein Stiftung Kinder- und Jugendhilfe in Großburgwedel. Verstehen Sie das bitte nicht falsch, aber diese soziale Geste bricht vollkommen aus dem Gesamtbild, das wir uns bisher machen konnten. Wir wären Ihnen sehr dankbar, wenn Sie uns aufklären würden.«

Frau Wittkoff zeigte sich für einen Moment unsicher, bevor sie sich entspannte und Tackert einen Kaffee anbot, den er gerne annahm.

»Sie werden es früher oder später ja doch erfahren, also ... Unsere Familie hat tatsächlich eine besondere Beziehung zu dieser Einrichtung. Wir haben den Mitarbeitern dort viel zu verdanken. – Till war zwölf Jahre alt, als sich Anzeichen verdichteten, dass seine Entwicklung aus dem Ruder läuft. Ständig prügelte er sich mit Mitschülern, mit den Jungs aus dem Sportverein, Freunde hatte er auch nicht mehr. Als eines Tages der Vater eines Mitschülers bei uns vor der Tür stand und uns erzählte, dass er gerade mit seinem Sohn aus dem Krankenhaus kommt, war das Maß voll. Auf Anraten von Psychologen, Sozialarbeitern und nicht zuletzt unseres Hausarztes hatten wir uns entschlossen, professionelle Hilfe zu suchen. Wir hatten uns entschieden, ihn in die stationäre Wohngruppe einer Kinder- und Jugendhilfe Einrichtung zu geben. Eben jener in Großburgwedel. Dort wurde die Störung seiner sozialen Entwicklung diagnostiziert. Er kam in die intensive sozialpädagogische Einzelbetreuung mit dem Ziel, eine Korrektur seiner psychischen und vor allem sozialen Fehlentwicklung vorzunehmen. Gleichzeitig haben wir einen Lehrgang belegt, um eine sogenannte Stabilisierung der Erziehungskompetenz zu erreichen. Hört sich wild an, ist aber nichts anderes, als eine wirklich wirksame Hilfestellung für die Zeit nach der Entlassung. Das war für uns alle ein wirklich harter Weg, vor allem für Till. Fast drei lange Jahre hat es gedauert, bis die Leitung ihm eine gute Prognose bescheinigte. Drei Jahre. Aber aus heutiger Sicht sage ich, dass diese Entscheidung richtig war. Till ist als ein vollkommen Anderer wieder nach Hause gekommen und bis heute ist von den alten Auffälligkeiten nichts übriggeblieben. Wir haben also allen Grund, dem Förderverein hin und wieder etwas zukommen zu lassen.«

Tackert sagte zunächst nichts und kippte den Rest Kaffee herunter. »Das war sicher sehr belastend für Sie«, seufzte er. »Aber wenn das Ergebnis so positiv ausfällt, haben sich die ganzen Strapazen wenigstens gelohnt.«

Oh Gott, was rede ich hier wieder für einen Mist, ärgerte er sich.

»Ja, wir waren sehr froh, dass unser Sohn die Kurve gekriegt hat.«

Tackert hielt den Gesprächsverlauf für ideal, um die

Unterhaltung fortzusetzen.

»Wie geht es denn jetzt mit dem Gestüt weiter? Werden Sie gemeinsam mit ihren Kindern die Zucht unverändert fortsetzten?«

»Wir wollen bis zur Beerdigung warten. Danach werden wir beraten, wie die Zukunft aussehen soll. Ich allerdings werde mich auch in Zukunft ausschließlich Büroarbeiten widmen. Seit meinem Sturz vor ein paar Jahren habe ich Angst, mich den Tieren zu nähern. Nein, nicht zu nähern. Das ist falsch. Aber die unmittelbare Nähe meide ich, wann immer es geht. Reiten ist unmöglich geworden. Vielleicht hätte ich damals auch eine Therapie machen sollen.«

»Hatten Sie einen Reitunfall?«

»Ja, einen ziemlich Schlimmen sogar. Knochenbrüche vom Unterschenkel bis zu den Rippen und dabei hatte ich unverschämtes Glück, dass meine Wirbelsäule nichts abbekommen hat. Sechs Wochen Krankenhaus. Danach hat es zwei Jahre gedauert, bis ich endgültig wieder einigermaßen hergestellt war. Und seitdem spinnt mein Kopf rum, wenn ein Pferd weniger als einen Meter Abstand zu mir hat. Dumme Sache, wenn man von der Pferdezucht lebt. Aber körperlich anstrengende Tätigkeiten oder gar Reiten liegt sowieso nicht mehr drin. Meine Knochen ...«

»Das ist schlimm«, versuchte Tackert sein Mitgefühl auszudrücken. »Dann werden ihre beiden Kinder wohl das Meiste übernehmen?«

»Alles«, klärte Marlene Wittkoff ihn auf. »Die werden alles übernehmen. Ich ziehe mich ganz zurück und überlasse ihnen alle Entscheidungen.«

»Ist das denn zu schaffen? Das ist doch sicherlich sehr zeitaufwendig, alles hier? Aber Sie haben ja wenigstens noch Herrn Strauch.«

Marlene Wittkoff wehrte ab. »Ob Henning eine so große Hilfe ist, wird sich erst noch zeigen. Bisher glänzt er mehr durch Klugscheißerei.«

Also nicht der Traum von einem Schwiegersohn, folgerte Tackert.

»Sie sind mit dem Verlobten Ihrer Tochter nicht einverstanden?«, forderte er eine Reaktion.

»Ich halte mich da raus«, wich sie aus. »Das ist Eileens Angelegenheit. Schließlich bin nicht ich es, die Henning heiraten will.«

Unglücklicherweise klopfte es an der Tür und Laura trat ein. »Komm rein, Laura. Ich glaube, wir sind hier fertig«, beendete die Mutter die Unterredung, die dem Kommissar gerade eine Menge an Informationen geliefert hatte.

Schade, dachte er, verließ aber trotzdem zufrieden das Zimmer.

10

Der gewaltsame Tod des Gestütbesitzers zog eine breite Medienpräsenz nach sich. Einige Journalisten stellten die Frage nach dem *warum* in den Vordergrund, was zum Teil wilde Spekulationen hervorrief. Aber die oftmals ausführliche Berichterstattung führte auch zu zahlreichen Hinweisen aus der Bevölkerung.

Vieles war, wie eigentlich immer, zu vernachlässigen. Ein Anruf aber weckte starkes Interesse bei der Polizei.

Ein Handwerker aus Isernhagen gab an, einen Schuss gehört zu haben. Zumindest hörte es sich wie einer an. Er war gerade damit beschäftigt, seinen Firmenwagen zu beladen, als ihm das Geräusch auffiel, das aus einem kleinen Waldstück am Ortsrand zu kommen schien.

Schüsse, kaum wahrnehmbar und aus weiter Ferne waren für ihn nichts Neues, da in einiger Entfernung gejagt wurde. Aber dieser Knall war deutlich näher.

Der kleine Wald wurde von vielen Hundebesitzern angesteuert, eine Geräuschkulisse also tagtäglich vorhanden, aber einen deutlichen Knall hatte er von dort noch nie vernommen.

Am späten Nachmittag lag die Meldung bei Tackert auf dem Tisch. Mit Hilfe von Google-Maps schätzte er die Entfernung zum Ortsrand auf einen knappen Kilometer. Zum Gestüt der Wittkoffs einen weiteren Kilometer.

Aber so klein war das Waldstück offenbar nicht. Eine Hundertschaft würde sicherlich zwei bis drei Tage brauchen, wenn nicht mehr.

Das Waldgebiet als möglicher Tatort war aber interessant.

Die räumliche Nähe zum Gestüt und die Entfernung zur St. Nicolai Kirche weckten die Hoffnung in ihm, endlich einen entscheidenden Schritt voranzukommen.

Er griff zum Hörer und veranlasste den Einsatz der Beamten.

Vielleicht war ja sogar die Tatwaffe zu finden?, machte sich bei ihm eine neue Zuversicht breit. Er ermahnte sich aber sofort zu mehr Zurückhaltung.

Während seiner Dienstjahre waren hunderte Einsätze dieser Art ergebnislos verlaufen.

Elisa war noch nicht zurück, als Tackert nachhause kam. Sie war noch bei Elisabeth, ihrer Mutter.

Da bahnte sich ein neues Drama an und beide wollten nach einer Lösung suchen.

Als Tackert vor ein paar Tagen zum ersten Mal davon erfuhr, dachte er zuerst, dass ihn Elisa veräppeln wollte, aber es stellte sich heraus, dass die Mutter tatsächlich einen Stalker hatte.

Mit siebzig. Einen Stalker.

Dabei war sie eine unscheinbare, leise Person ohne VIP-Status. Eine Allerwelts-Seniorin ohne erkennbaren Sexappeal.

Nahm an keinen ausufernden Ü-70-Partys teil, an keinen obskuren Bibelkreisen, besuchte auch keine Swinger-Clubs. Und trotzdem gab es da jemanden, der sie mit allerlei merkwürdigen Aktionen in einen Unruhezustand versetzte, der unerträglich wurde.

Eine einzelne Rose vor der Tür war ja noch harmlos, war vielleicht sogar nett.

Das unförmige, ausgeschnittene Herz mit der zittrigen Handschrift: >*Du bist die Knospe im Morgentau*< konnte man überdies als poetischen Geistesblitz verstehen.

Aber die Paketsendung, bestehend aus einem Stringtanga und passendem Negligé war schon grenzwertig, auch wenn die Mutter meinte, dass die Teile im Hochsommer vielleicht als Nachtwäsche noch ihren Dienst tun würden, zudem schwarz ja nicht aufträgt.

Was aber gar nicht geht, sind Anrufe zur morgendlichen blauen Stunde, zur Morgenröte.

Wo jeder normale Mensch noch die Nestwärme genießt und den neuen Tag im Geiste plant, sofern das Gehirn bereits den Normalbetrieb aufgenommen hat, der Blutkreislauf aber noch im Standgas läuft.

Und anstelle einer menschlichen Stimme der alte Gassenhauer >*Eine neue Liebe ist wie ein neues Leben*< aus dem Telefonhörer tropft. In miesester Tonqualität, was das Leiden natürlich erhöht.

Elisabeth tippt schwer auf einen alten Neckermann-Kassettenrekorder. Mit ausgeleiertem Antriebsriemen.

Mindestens genauso belastend die Fotografien, die sie ab und zu im Briefkasten findet. Immer ein Foto, auf dem sie mit einem Mann, vermutlich aus der Nachbarschaft, zu sehen ist. Der Kopf des Mannes dabei stets überklebt und durch einen Schweinekopf ersetzt. Dazu auf der Rückseite die bekannte zittrige Handschrift, wo in Großbuchstaben das Wort HURE zu lesen ist.

Mit zwei Ausrufezeichen.

Woher der Unbekannte die ganzen Schweineköpfe nimmt, ist unklar und beschäftigte Elisabeth.

Für sie also eine sehr unschöne Situation und es gilt, den Stalker aufzuspüren, um dem Treiben ein Ende zu bereiten.

Tackert hörte, wie das Türschloss entriegelt wurde und Elisa eintrat.

»Und?«, fragte er neugierig, »habt ihr einen Plan, um dem Schwerenöter das Handwerk zu legen?«

»Die Sache ist zu ernst, Richard, um sich darüber lustig zu machen«, mahnte Elisa, während sie sich zu ihm setzte. »Stell dir vor, was heute wieder passiert ist. Da hat ihr doch der Kerl ein Nacktfoto, einen Computerausdruck, seiner Genitalien ... oder die eines Anderen, in den Briefkasten geworfen.«

»Wie?«, wurde Tackert hellhörig. »Ein Ganzkörperfoto?«

»Natürlich nicht. Nur von der speckigen Wampe bis zu den Kniescheiben. Sehr abstoßend.«

Elisa verzog das Gesicht zu einer Fratze.

»Hoffentlich kein Zipfizeiger«, sagte Tackert.

»Kein was?«

»Zipfizeiger. Ist Polizeijargon, steht für Exhibitionist.«

»Mein Gott, sag sowas nicht. Das würde noch fehlen, dass er ihr irgendwo auflauert und sein Ding durch die Gegend schwingt.«

»Würde aber unter Umständen bedeuten, dass ermittelt wird. Bestimmte Fälle von Exhibitionismus werden verfolgt, genauso wie Stalking. Meistens jedenfalls.«

»Das heißt«, schwang Hoffnung in ihrer Stimme, »dass wir das Stalken anzeigen sollten?«

»Ja, insbesondere das Stalking. Auch wenn ich befürchte, dass eine Anzeige nicht unbedingt zum Erfolg führt. Was eine exhibitionistische Handlung betrifft, muss ein Vergehen in Verbindung mit einer eindeutigen Belästigung vorliegen. Grundsätzlich ermittelt wird da nur, wenn Kinder im Spiel sind.«

»... Nicht zum Erfolg führt? - Dann meinst du also, man sollte sich das schenken?«

»Nicht unbedingt. Man sollte sich nur keine allzu großen Hoffnungen machen.«

Elisa war bedrückt.

»Dann müssen wir uns was einfallen lassen. So darf das jedenfalls nicht weitergehen. Überleg dir mal was, du bist ja schließlich der Kriminalist hier.«

»Eine Fangschaltung beantragen. Beim Telefonanbieter. Wenn der Neckermann-Rekorder das nächste Mal anruft, hat er verloren. Für alles Andere bräuchte man ein Sondereinsatzkommando und das wird teuer.«

Elisa zog die Stirn in Falten.

»Eine Fangschaltung?«, klang es verzweifelt. »Wie lange dauert sowas?«

»Ich glaube, das geht recht zügig, wenn der Anbieter zu Potte kommt. Ich finde, das solltet ihr versuchen. Ist die einzig sinnvolle Maßnahme, die mir spontan einfällt.«

11

Die Neuigkeiten aus dem Hause Wittkoff führten am nächsten Morgen dazu, dass plötzlich zwei Personen im Fokus standen, die bis dato nur wenig zum Thema gemacht worden waren.

Da war plötzlich Till von Interesse.

Was, wenn die Psychologen seinerzeit mit ihrer Prognose falsch lagen und sich ein gewisses Aggressionspotential bis heute erhalten hatte? Wenn Wunden vorhanden waren, die zehn Jahre verschlossen lagen und plötzlich aufbrachen? Wenn Hass Forderungen stellte?

Und auch Henning Strauch rückte in den Vordergrund.

Zumindest von Teilen der Familie wenig akzeptiert oder gar ungeliebt, wurde er vielleicht als Störfaktor empfunden. Gut möglich, dass der alte Wittkoff da deutliche Worte gefunden hatte.

Außerdem konnte man anhand seines Beitrags in den Foren herauslesen, welches Interesse der Zukunft galt, wenn seine Position im Familienverbund erst mal mehr Gewicht haben würde.

Die Überlegung war natürlich sehr spekulativ, aber wenn man den Faden aufnahm und weiterspinnt, war es wenigstens denkbar.

Ungeklärt war dabei allerdings, ob er überhaupt der Verfasser war?

In dem Zusammenhang kam auch nochmal die Alibisituation aller Personen zur Sprache, die auf dem Gestüt arbeiten, um im Ergebnis festzuhalten, dass eigentlich keiner eines hatte.

Pärchenweise wurde gegenseitig die Anwesenheit des Anderen bestätigt. Till und Nele, Eileen und Henning, Dominique und Laura.

Die Mutter wurde zu unterschiedlichen Zeiten zwischen 19.00 und 21.00 Uhr von Nele, Eileen und Laura gesehen, aber an die mochte niemand ernsthaft glauben. Genauso wie an Anna, die zwar gegen 19.00 Uhr den Hof verlassen hatte, aber danach Zuhause war, wie der Vater und auch der Bruder bestätigt hatten.

Als die Diskussion um ein für und Wider langsam verebbte, gab Jan zu verstehen, dass er noch einen neuen Punkt ansprechen wollte.

»Ich habe auf seinem Handy zwei Fotos gefunden, die zwei Männer zeigen, die eindeutig auf dem Hof Arbeiten verrichten, die im direkten Zusammenhang mit dem Zuchtbetrieb stehen. Meine Vermutung, dass es sich hierbei um zwei ehemalige Mitarbeiter handelt, hat mir Eileen heute Morgen bestätigt. Das interessante dabei ist, dass diesen beiden fristlos gekündigt wurde, nachdem sie erwischt worden waren, wie sie einem Turnierpferd eine ordentliche Dosis Beruhigungsmittel verabreichen wollten, bevor diese zu einer Veranstaltung verladen werden sollten. Eileen sagt, dass ihr Vater in diesem Punkt keinen Spaß verstand, es aus diesem Grund sogar zu Handgreiflichkeiten kam. Das Ganze liegt aber über zwei Jahre zurück. – Hier, die beiden Namen der betreffenden Typen.«

Tackert nahm die Notiz entgegen.

»Hm, über zwei Jahre, sagst du? Lange Zeit ...«

»Wäre aber nicht das erste Mal«, gab Sven zu bedenken.

»Ja«, kam es von Tackert etwas abwesend. »Hast du die aktuellen Adressen?«

»Noch nicht«, erklärte Jan. »Werde ich mich aber nachher drum kümmern.«

Später überlegte Tackert, ob er wegen Till den Polizeipsychologen zurate ziehen sollte? Aber eine Beurteilung seiner Persönlichkeit aus der Entfernung würde sowieso nichts bringen. Akteneinsicht würden sie nicht erhalten und überhaupt: Tackert und Psychologen war so eine Sache.

Er ließ es bleiben.

In seinen Überlegungen hatte Till neuerdings den gleichen Stellenwert wie Pankowiak eingenommen.

Beide standen an oberster Stelle, wen es darum ging, ein Ranking anzulegen. Aber in beiden Fällen gab es noch nicht einmal sowas wie wirklich ernstzunehmende Indizien, geschweige denn mehr.

Und was war mit den beiden neuen Personen?

Jens Kobald und Jonas Sennheimer.

Sennheimer war inzwischen in einem Ort in Süddeutschland gemeldet und hatte umgesattelt. Zurzeit war er als Verkäufer bei einem Autohändler tätig.

Aber Jens Kobald wohnte nahe der Landeshauptstadt, in Fuhrberg, keine fünfzehn Kilometer entfernt. Auch er hatte sich beruflich verändert und bestritt seinen Lebensunterhalt jetzt als Taxifahrer.

Früher als erwartet erfolgte der Rückruf des Taxichauffeurs.

Der Hauptkommissar erklärte ihm mit knappen Worten, worum es ging.

»Natürlich erinnere ich mich daran«, prustete der Mann gleich los. »Das war eine ganz schöne Unverschämtheit, kann ich Ihnen sagen. Wir haben damals nichts anderes gemacht, als das, was uns aufgetragen wurde. Von der Tochter, Eileen hieß die, glaube ich. Die hatte am Morgen die Order ausgegeben, dass wir ein Beruhigungsmittel verabreichen sollen, bevor der Gaul verladen wird. Das war aus unserer Sicht totaler Blödsinn, wo es doch am Nachmittag an den Start gehen sollte. Ein Gaul, der mit Beruhigungsmitteln vollgepumpt ist, beim Rennen einsetzen? Was für ein Quatsch. Aber der Alte hat uns nicht geglaubt. Der meinte wohl, dass wir von der Konkurrenz Kohle bekommen haben, um dem Gaul die Siegchancen zu nehmen. Der hatte des Öfteren so bescheuerte Ideen. Das war nicht das erste Mal, dass er Gespenster gesehen hat. Und er hat uns auch nicht fristlos gekündigt, sondern wir haben den ganzen Scheiß hingeschmissen und sind gegangen. Noch am selben Tag. – Ich weiß, dass er tot ist, hab`s in der Zeitung gelesen aber ganz ehrlich: Wenn er mit allen Leuten so umgesprungen ist, wundert mich das nicht. Und wenn ich sage, dass der Job dort keine guten Erinnerungen weckt, wird das Jonas ganz bestimmt genauso sehen. Tut mir leid.«

Tackert schwieg einen Moment. Das hörte sich ja alles ganz anders an …

»Ich verstehe das richtig?«, hinterfragte er, »dass

Eileen Wittkoff Ihnen deutlich den Auftrag erteilt hatte, Sie sollen das Pferd ruhigstellen?«

»Ganz genau«, bestätigte sein Telefonpartner. »Wir wären nie auf die Idee gekommen, selbstständig auch nur einem Gaul was zu verabreichen.«

»Wie lange haben Sie für die Wittkoffs gearbeitet?«

»Gerade mal sechs, sieben Monate. Länger nicht. Und das hat mir auch gereicht.«

»Und Herr Sennheimer?«

»Vielleicht zwei, drei Monate länger.«

Tackert beendete das Gespräch.

Wenn Kobald die Wahrheit sagte, und er zweifelte nicht daran, dann wird das Bild der Familie Wittkoff immer diffuser. Scheinbar ist dort niemand besonders interessiert daran, den Tod des Alten aufgeklärt zu wissen. Hilfestellung sieht jedenfalls anders aus.

Jeder gibt nur das Allernötigste von sich und eigene Fehler werden scheinbar zu gerne unter den Teppich gekehrt.

Und Eileen?

Erst dieser Betrugsvorwurf, jetzt die Sache mit der merkwürdigen Anweisung an die Mitarbeiter. Kommt da noch mehr?

Ist sie vielleicht viel durchtriebener, als er bisher annahm? Steckt sie vielleicht sogar mit Henning unter einer Decke und beide sehen es darauf ab, das Gestüt an sich zu reißen? Eventuell gar mit Tills Einverständnis?

Aber besitzt sie auch die Kaltblütigkeit für einen solchen Mord? Dann doch schon eher der Bruder … oder nicht?

Vielleicht beide zusammen?

Vielleicht ist die Familie auch viel kaputter, als man denkt. Weil nichts oder wenig nach außen getragen wird.

Wir brauchen viel mehr Informationen, hielt er fest. Notfalls auch den Tratsch aus der Nachbarschaft ... oder woher auch immer.

Dominique und Laura könnten sich lohnen, mutmaßte er. Vielleicht sogar Anna.

Sein Blick wanderte in Richtung Aquarium, aber alle telepathischen Versuche endeten wie immer: im Nichts.

Wenn die Götter nicht helfen, was bietet sich dann alternativ an?

Eine Frau mit dem zweiten Gesicht wäre nicht schlecht, aber eine Eingeweideschau, wie im alten Orient bevorzugt praktiziert, war nicht jedermanns Sache.

Und ein Eierorakel klang auch wenig vielversprechend.

12

Mit ernstem Gesicht saß er am Küchentisch und öffnete eine Flasche Bier. Bereits die Dritte, stellte er fest.

Hatte er alles berücksichtigt, an alles gedacht?

Jede Eventualität, jedes mögliche Szenario durchgespielt?

Es war eminent wichtig, sich auf zu erwartende Fragen der Ermittler vorzubereiten und stimmige Angaben zu machen. Jede Abweichung konnte fatale Folgen haben.

Minutiös ging er zum wiederholten Male den Ablauf durch und suchte nach Schwächen in seinem Antwortenkatalog. Aber alle zurechtgelegten Worte klangen überzeugend. Würden keine Verdachtsmomente aufkommen lassen.

Es gab zwei kritische Zeitabschnitte, die sich nicht beurteilen ließen und anfangs dafür sorgten, dass eine hartnäckige Unruhe zu einer echten Herausforderung wurde. Aber inzwischen hatte sich das ein bisschen gelegt.

Wären entsprechende Zeugen vorhanden, würde die Polizei anders vorgehen und nicht den Eindruck erwecken, als tappten sie im Dunkeln.

Zum letzten Mal für heute ging er den gesamten Tathergang durch und war überzeugt, nichts vergessen zu haben.

Die Chancen, dass sich die Tat zu einem weiteren, unaufgeklärten Fall entwickeln könnte, stufte er als hoch ein.

Als sehr hoch.

***

»Wenn das so weitergeht, sollten wir uns besser ein Zimmer hier irgendwo suchen«, sagte Nicola scherzhaft, als sie in Isernhagen Süd ankamen. »Dann könnten wir uns die ständige Hin- und Hergurkerei schenken. Obwohl, so ein bisschen Landluft würde meinem Teint auch guttun. Deinem übrigens auch, Richard.«

»Richard ganz besonders«, kam es vom Rücksitz.

Heute waren sie zu dritt unterwegs.

Neben Tackert und Nicola war auch Sven mitgekommen, der sich in der Nachbarschaft umhören wollte, um Anwohner zu bewegen, ihm Zutritt zur Gerüchteküche zu ermöglichen.

Tackert meinte, dass Sven dafür wie geschaffen sei. Seine vertrauensvolle Erscheinung und sein Geschick zu schmeicheln hatten etwas von einem Seelenhirten, argumentierte Tackert, was Sven allerdings ganz anders sah und diese nicht ganz ernstgemeinte Äußerung nicht so stehen lassen wollte.

Nicola war für die beiden Auszubildenden vorgesehen. Tackert wollte sich Eileen nochmal vorknöpfen, wie er sich ausdrückte.

Er traf auf Eileen auf einer Koppel, die hinter dem Gestüt, in unmittelbarer Nachbarschaft, parallel zur

Straße verlief und enorme Ausmaße hatte. In der Ferne konnte er sieben, acht Pferde ausmachen und auch Eileen glaubte er zu erkennen.

Zwei intakte Unterstände und mindestens zwei Tränken deuteten darauf hin, dass die Koppel oft genutzt wurde.

Zur Straße hin bildeten Buschwerk und eine dichte Baumreihe den Abschluss. Gleiches galt in aufgelockerter Form auch für die anderen drei Seiten.

»Schon wieder Sie?«, wunderte sich die Tochter, als Tackert auf sie zukam.. »Was gibt´s denn jetzt schon wieder?«

»Ich brauche nochmal eine Auskunft von Ihnen«, tat der Kommissar entschuldigend. »Wie sich erst jetzt herausgestellt hat, hatten Sie bis vor etwa zwei Jahren zwei Angestellte, Herrn Kobald und Herrn Sennheimer, deren Arbeitsverhältnis auf … sagen wir, recht ungewöhnliche Weise, beendet wurde. Mich interessiert, was da seinerzeit vorgefallen ist.«

Eileen schien nachzudenken, was Tackert nervte.

Diese Andeutung von Gedächtnisschwäche war unnötig und wirkte albern.

»Ach, jetzt weiß ich«, flötete sie auf einmal. »Diese beiden unzuverlässigen Aushilfen, die nicht nur faul waren, sondern auch deplatziert, weil sie von Pferden keine Ahnung hatten. Es reicht eben nicht aus, ein paar Kenntnisse aus artverwandten Berufen mitzubringen. Der Zuchtbetrieb erfordert schon etwas mehr an Wissen. – Wenn ich mich richtig erinnere, haben diese beiden Idioten einem Turnierpferd Beruhigungsmittel verabreicht, weil es ihnen nicht gelungen war, das Tier stressfrei in den Pferdehänger zu verfrachten. Also eine alltägliche Aufgabe. Aber anstatt, dazu zu stehen, ihre Unfähigkeit zuzugeben, haben sie behauptet, ich hätte sie instruiert. Eine bodenlose Unverschämtheit war das.« Um den Worten mehr Gewicht zu verleihen, stemmte sie entschlossen die Arme in die Hüften. »Und lassen Sie sich eins gesagt sein: Das war nur der Tropfen, der das Fass zum Überlaufen brachte. Aber mein Vater hat nicht lange gefackelt und die beiden Nichtsnutze vom Hof gejagt.«

»Ich habe da eine etwas andere Version gehört, Frau Wittkoff«, entgegnete Tackert scharf. »Und ich bin nicht sicher, welcher ich mehr vertrauen sollte?«

»Wenn Sie der Wahrheit vertrauen wollen, dann meiner«, sagte sie mit aller Deutlichkeit. »Aber glauben Sie von mir aus, was Sie wollen. Warum interessiert Sie das überhaupt? Was hat das mit dem Mord an meinem Vater zu tun?«

»Bisher nichts. Aber es ist immer interessant, die Hintergründe zu kennen ...«

»Dann sollte Sie vielleicht die Hintergründe der beiden Typen durchleuchten. Die haben hier ständig Stunk gemacht, immerzu diese Rumnörgelei wegen mehr Geld. Vielleicht hatte ja mein Vater auch recht, als er vermutete, sie hätten Geld dafür genommen.«

»Wie viel verdient denn so ein Pferdewirt eigentlich?«

»Pferdewirt ist man erst, wenn man die entsprechende Ausbildung abgeschlossen hat. Zu wissen, wie man das Wort Pferd schreibt, reicht da nicht. Aber vielleicht wussten sie noch nicht einmal das.«

Tackert hatte keine Lust, darauf einzugehen.

»Die beiden wurden nach ihrer Entlassung nicht ersetzt, oder? Ich meine, zwei Arbeitskräfte weniger wirkt sich doch aus.«

»Doch. Durch Dominique und Laura. Die sind wenigstens effektiv und willig. Das hätte man schon viel früher machen sollen ...«

Aha, dachte sich Tackert. Weht daher der Wind?

»Sie bleiben also bei ihrer Version?«

»Natürlich. Sie wollen doch Tatsachen ... und das sind sie.«

Tackert beendete das sinnlos erscheinende Gespräch an dieser Stelle mit dem Verdacht, dass Eileen möglicherweise keine Probleme damit hatte, die Wahrheit zu verdrehen.

Nicola hoffte auf einen Bonus hinsichtlich der Geschlechtergleichheit. Es gab zu viele Themen, die man unter Frauen besser besprechen konnte und da sie ein sexuell motiviertes Delikt nach wie vor für sehr wahrscheinlich hielt, hatte sie vor, das Gespräch mit genau diesem Inhalt in Schwung zu bringen.

Am Stall traf sie auf Laura, die dort alleine mit einem Pferd beschäftigt war, was ihr sehr entgegenkam.

Ohne Dominique war sie vielleicht emotionaler, spekulierte Nicola.

»Gefällt es Ihnen hier so gut?«, wurde sie lachend begrüßt.

»Das auch«, lächelte Nicola zurück. »Aber es lässt mir

auch keine Ruhe, nicht zu erfahren, was sich genau hier auf dem Hof abspielt in Bezug auf Liebeleien und Eifersucht. Vor allem, wie weit der alte Herr Wittkoff dabei gegangen ist. Und ob die Frauen der Familie tatsächlich wortlos danebenstehen.«

Laura schien wenig überrascht über Nicolas Fragen.

»Ich weiß nicht, ob Sie die Frotzelei zwischen Dominique und mir beim letzten Mal nicht vielleicht überbewerten oder missverstanden haben. Ich habe allerdings meine Ausführungen auch etwas auf die Spitze getrieben, muss ich zugeben. - Es ist hier nichts vorgefallen, was sich lohnen würde, zu erwähnen. Na klar glaubt man ab und zu, ein ... Interesse zu spüren. Und das äußert sich auch manchmal in einer Berührung, aber nichts, was man als äußerst unangenehm bezeichnen würde. Als direkte Belästigung. Auch nichts, was man als Angebot oder gar Aufforderung verstehen könnte. Und ich bin mir sehr sicher, dass sowohl Nele, als auch Frau Wittkoff genau mitbekommen, was hier passiert und jederzeit einschreiten würden, wenn etwas den Eindruck erweckt, als könnte es aus dem Ruder laufen. Oder besser: Wenn es sich nur anbahnt ... Und was den alten Herrn Wittkoff betrifft: Ich kann mir zwar vorstellen – eher als bei Till – dass er vielleicht mehr wollte, aber sich damit abgefunden hatte, dass es nur bei Träumen bleiben wird. Hätte der sich irgendeinen Scheiß erlaubt, hätte die Alte ihn, glaube ich, in Stücke gerissen. Außerdem hatte er viel zu viel Schiss um seinen guten Ruf als Züchter und nur ein einziger Vorfall in dieser Richtung, und er wäre weg vom Fenster, und würde kein Bein mehr auf die Erde kriegen.

Das Geschäft ist auch so schwierig genug geworden. – Nein, ich denke, Sie liegen falsch.«

»Entschuldigung Laura, aber es hört sich für mich ein wenig so an, als wollten Sie die Männer auf einmal verteidigen?«

Laura suchte Nicolas Blick und wurde ernst.

»Ganz bestimmt nicht. Aber ich möchte vermeiden, dass der Eindruck erweckt wird, wir sind hier Situationen ausgesetzt, die einfach nicht stimmen.«

»Gut«, gab sich Nicola zufrieden. »Was anderes: Was weißt du über Till? ... Und Eileen?«

Jetzt zeige sich die junge Frau verwundert oder verlegen. Nicola wusste das nicht genau einzuschätzen.

»Wie meinen Sie das?«

»Weißt du etwas aus ihrer Vergangenheit? Gab es da mal vielleicht gemeinsame Grillabende, wo alte Geschichten aufgetischt wurden? Oder haben die beiden aus freien Stücken was erzählt? Oder Herr oder Frau Wittkoff?«

Laura schüttelte den Kopf.

»Nein. Nichts.«

»Ich meine damit nicht unbedingt etwas Privates. Auch Dinge, die im Zusammenhang mit der Arbeit hier auf dem Hof stehen.«

Wieder schüttelte sie den Kopf.

»Wer trifft denn eigentlich im Moment die Entscheidungen, was zu tun ist?«

»Eileen. Und das wird wohl auch so bleiben, schätze ich.«

»Zu Recht?«

»Ich denke schon. Sie hat das meiste Wissen, Frau Wittkoff mal außen vorgelassen, und ich glaube, sie hat auch den Geschäftssinn vom Alten geerbt. Seit ich hier bin, hat sie als Einzige, neben Herrn Wittkoff, im kaufmännischen Bereich freie Hand gehabt.«

»Und Till?«

»Till ist ein guter Handwerker, kann mit den Tieren umgehen und ist eigentlich Mädchen für Alles. Trotzdem unersetzbar.«

Nicola nickte wissend.

»Was macht eigentlich Eileens Verlobter? Welche Aufgabe hat der hier?«

Lauras Gestik ließ erahnen, wie ihre Antwort ausfallen wird.

»Tja. Das weiß ich auch nicht so genau. Vielleicht gibt er hier den Loser, der in fast jeder Firma zu finden ist. Bis auf ein paar Hilfsarbeiten und kluge Ratschläge ist sein Arbeitsbeitrag sehr überschaubar. Da ist Anna mit ihren fünf Stunden um einiges wertvoller. Aber das bleibt unter uns, okay? Ich will meine Ausbildung hier noch beenden.«

Nicola beruhigte sie und versprach ihr, dass alles, was gerade besprochen wurde, die Familie nicht erreichen wird.

Das im Anschuss geführte Gespräch mit Dominique war ähnlich unergiebig und Nicola war ein wenig enttäuscht. Sie hatte sich mehr erhofft.

Nur Sven kam später mit wirklichen Neuigkeiten zurück.

Ein Nachbar, nur ein paar Häuser weiter, wohnte

schon seit einer Ewigkeit dort und wusste von Tills Vergangenheit. Selbst Einzelheiten waren ihm bekannt, da sein Sohn damals im gleichen Sportverein war und die Probleme um den jungen Till Wittkoff eine Zeit lang ständig für Diskussionen sorgten.

Und dieser Mann glaubte nur bedingt an eine vollständige Genesung, an eine vollständig gelungene Therapie.

Er wisse von mindestens zwei Vorfällen in den letzten acht Jahre, wo alte Strukturen wieder aufbrachen und Till Wittkoff für handfeste Schlägereien verantwortlich war.

Er konnte sogar nähere Angaben machen.

Nämlich das Schützenfest 2015 und zwei Jahre später eine Kneipenschlägerei. Weil sein Wagen zugeparkt war.

Beide Fälle wurden wohl nicht zur Anzeige gebracht, aber er kann drei, vier Namen nennen, die das bezeugen würden.

»Na ja, und ansonsten gelten die Wittkoffs als wenig kontaktfreudig, arrogant, großkotzig oder Wichtigtuer«, beendete Sven seine Ausführungen.

13

Tackert quälte sich mit bangem Blick auf seine Wohlfühlskala durch den Verkehr und hoffte, zum Feierabend Ablenkung zu finden. Der bisher kaum eingetretene Fortschritt in den Ermittlungen war nichts Neues, trotzdem immer aufs Neue belastend.

Zuhause angekommen erspähte er gleich Amelie, das Kind der Nachbarn. Sie war zu Besuch und das bedeutet meist willkommenes, weil unbekümmertes Leben im Garten.

Tackert mochte die Kleine wie sein eigenes Kind und achtete sehr auf Umgangsformen, die die Freundschaft erhalten sollten.

»Da bist du ja«, begrüßte ihn Elisa. »Amelie hat schon gefragt, wo du bleibst? Eigentlich wollte sie dir ja eine Kugel Eis übriglassen, aber ... tja, wenn man so spät nach Hause kommt, ist es natürlich besser, das Eis selbst zu essen, bevor es ganz geschmolzen ist. Pech gehabt.«

»Was?«, schmunzelte Tackert die Kleine an. »Mein Eis einfach aufgegessen? Dann hab ich ja jetzt gar keins.«

»Sei nicht traurig, Richard. Dafür bekommst du was anderes Leckeres«, tröstete Elisa.

»Oh, was denn?«, freute sich Tackert.

Stolz wie eine Sterneköchin in Erwartung einer Huldigung präsentierte Amelie ihm einen abgewetzten Plastikteller, oben drauf offensichtliche Gourmetfreuden.

»Nudn mit Wöstchen. Und Kekse-Suppe.«

»Wow«, gab er sich freudig überrascht. »Das hört sich lecker an. Kann ich vielleicht ein wenig Ketchup dazu bekommen?«

»Nein.«

Kurz und knapp und eindeutig. Wenn immer alles so schnell geklärt wäre.

»Na gut, dann probiere ich mal …«

»Du musst puuusten. Die Nudn sind haiß«, mahnte Amelie.

Tackert pustete und begann spielerisch zu kauen. »Hmmm. Die sind ja gut. Da musst du mir mal das Rezept verraten.«

»Nein.«

Okay. Erfolgsrezepte jedweder Art werden nicht so einfach unters Volk geworfen. Verständlich.

»Dann probiere ich jetzt mal die Kekse-Suppe.«

»Is´ noch nicht fätich.«

»Wie lange braucht die noch?«, erkundigte sich Tackert. »Ist noch genügend Zeit, um schnell aufs Klo zu verwinden?«

»Fünf Stundn«, kam die Angabe zur Kochzeit. »Fünf oder zwei.«

»Dann dauert es ja noch etwas und …«

»Fätich!«

Tackert wollte gerade etwas sagen, als ihm der Plastikteller fast aus der Hand gerissen und die imaginäre Delikatesse kredenzt wurde.

»Du musst wissen, das ist die beste Kekse-Suppe von der ganzen Welt«, machte Elisa ihm verständlich. »Ich hatte vorhin schon das Vergnügen, zu probieren.«

Sich den kalorienarmen Genuss einzuverleiben, dazu kam Tackert aber nicht mehr, weil Amelies Mutter die Nachtruhe anordnete und die Kleine im Laufschritt los düste.

»Kekse-Suppe, klasse Idee«, urteile er gut gelaunt. »Hast du schon das Geschenk zur Geburt besorgt?«

»Mach ich morgen«, sagte Elisa. »Wie war dein Tag, Richard?«

»Ein bisschen wie die Nudn ohne Ketchup. Trocken. Trocken und fad.«

»Lass das nicht Amelie hören«, lächelte Elisa.

»Hinten am Gartenteich liegen übrigens noch einige Äste und Stöcker für dich. Du darfst dir daraus eine Butze bauen, sagt Amelie. Aber groß genug, damit das Baby da auch mit reinpasst. Dann gibt es Kekse-Suppe mit Schokoeis und Gummibärchen.«

»Was auch sonst? Die Grundnahrungsmittel eines jeden Neugeborenen. Soll die Butze winterfest werden, hat sie da Wünsche geäußert?«

»Eigentlich nicht. Du sollst sie nur nach der Sonne ausrichten, mit Geheimkammern versehen und Glitzersterne über dem Eingang platzieren«, erklärte Elisa mit ernster Miene.

»Alles andere erscheint mir sowieso unwürdig, um die Baumaßnahmen ins Rollen zu bringen. Ist denn genügend Material vorhanden?«

Elisa sah ihn fast ein bisschen erstaunt an und schmunzele: »Das kann man so oder so sehen. Amelie hat jedenfalls fleißig einige Teile zusammengetragen und erst, als ich zur Stärkung ein Eis angeboten habe, wurden sämtliche Arbeiten eingestellt.«

»Dann war das psychologisch unklug. Die arbeitende Bevölkerung sollte man nie durch Belohnungen ablenken. So entsteht der Wunsch nach immer mehr und endet mitunter in Streikmaßnahmen. Und am Ende stehen alle da und beschweren sich, dass die Butze noch nicht fertig ist. Das beste Beispiel ist der BER.«

Tackert mochte diesen Austausch merkwürdiger Inhalte und Elisa ließ ihn machen.

Wer über Jahrzehnte tagtäglich mit schlimmen Dingen konfrontiert wird, braucht ein Ventil um sich abzureagieren. Und dummes Zeug reden war allemal besser, als im Alkohol zu ersaufen.

So oder so ähnlich ließen sie sich noch in nutzlosen Wortspielereien treiben und waren beide der Meinung, einen schönen Abend verlebt zu haben.

Und was will man mehr?

14

Auf der Fahrt ins Präsidium am nächsten Morgen erreichte den Hauptkommissar die Nachricht, dass man im Waldstück bei Isernhagen einen Treffer erzielt hatte.

Im nordöstlichen Bereich, nahe der Baumgrenze, hatte man Blutspuren gefunden. Keine große Menge, aber auffallend genug. Eine Beamtin stieß im Unterholz auf Flecken, die offensichtlich ziemlich frisch sein mussten. Techniker waren bereits unterwegs und der Umkreis wurde akribisch untersucht.

In nur wenigen Metern Entfernung gab es einen Feldweg, der an der Waldgrenze verlaufend bis an die Hauptstraße reichte und einem vor Augen führte, dass auch ein kürzerer Weg vorhanden war, wollte man diesen Abschnitt erreichen. Man musste also nicht den fast kompletten Wald durchlaufen.

Sollte sich tatsächlich dort der Tatort befinden, überlegte Tackert, dann gab es vermutlich kein zufälliges Aufeinandertreffen. Dann haben zwei Personen den Wald betreten und nur einer hatte ihn wieder verlassen.

Aber warum ließ man Wittkoff nicht einfach dort liegen? Wieder die Frage, ob der ungewöhnliche Fundort von Bedeutung war? Aber warum sonst das Risiko?

Und wo, zum Teufel, ergab sich ein Zusammenhang zu den uralten Geschichten?

Die wenigen Fakten, die sich zu Jasper Hanebuth zusammentragen lassen, geben nichts zu erkennen, was heute noch von Bedeutung sein könnte. Für wen auch immer.

Aber gleich drei Übereinstimmungen können kein Zufall sein, ganz besonders das Glöckchen nicht. Wer schleppt in seiner Jackentasche schon ein Glöckchen mit sich rum?

Tackert betrat das Präsidium und gleich gab es die nächste Neuigkeit.

Sonja erwartete ihn schon um ihn davon in Kenntnis zu setzen, dass drei Waffen auf Rüdiger Wittkoff zugelassen waren. Zwei Jagdgewehre und eine 9mm Beretta.

»Du weißt, was das bedeutet?«, sagte Sonja unnötigerweise. »Wir müssen da noch mal hin.«

Tackert stöhnte.

»Egal. Ich wollte sowieso nochmal nach Isernhagen und mir die Stelle ansehen, wo die Kollegen das Blut entdeckt haben.«

Er entschloss sich, Sven mitzunehmen.

»Jede Wette, dass plötzlich festgestellt wird, dass die Pistole verschwunden ist«, sagte Sven, als sie unterwegs waren.

»Davon gehe ich auch ein bisschen aus«, kam es von Tackert. »Und dann bin ich gespannt, welche Erklärung uns aufgetischt wird.«

»Du legst deinen Schwerpunkt auf ein Familienmitglied, oder?«

»Ehrlich gesagt, habe ich keine Ahnung. Mögliche Motive wären vorhanden, aber irgendetwas sagt mir, dass Pankowiak mehr Gewicht hat. Wettmanipulationen, da geht es um sehr, sehr viel Geld. Wenn da jemand aussteigen will, hat das bestimmt Konsequenzen. Und einen Mord in Auftrag geben, kostet ja nicht mehr die Welt.«

»Aber Beweise zu liefern ... in unserem Fall fast unmöglich.«

Der Waffenschrank befand sich im Keller.

Vorschriftsmäßig verschlossen und von guter Qualität, wenn auch schon etwas älter.

Und was die beiden Ermittler kaum in Erstaunen versetzte, es fehlte eine Waffe.

Marlene Wittkoff konnte dazu nichts aussagen. Sie hatte noch nie eine der Waffen in der Hand gehalten und wusste nicht, wo die Pistole zu finden sein könnte. Theoretisch kam das ganze Haus in Frage, aber vielleicht wussten Eileen oder Till mehr.

Dem war aber nicht so.

Beide behaupteten, dass ihr Vater vor Jahren das letzte Mal den Waffenschrank geöffnet hatte und beide stimmten auch in ihrer Aussage überein, dass Waffen keine Rolle spielten. Es waren Erbstücke, die hier unbeachtet ihr Dasein fristeten.

Der Schlüssel befand sich in der Schreibtischschublade und war für jedermann im Haus zugänglich.

Damit war das Fehlen der Waffe jetzt bekannt, aber ob es auch die Tatwaffe war, blieb offen.

Sie verließen das Grundstück und setzten ihren Weg fort, zwei Kilometer nach Norden.

Vor dem Wald gab es einen naturbelassenen Parkplatz, von dem der besagte Feldweg abging. Die Strecke war unwegsam und mehr als Schritttempo war nicht drin.

Es dauerte eine Weile, bis sie auf ein Fahrzeug der Techniker trafen, das den schmaler werdenden Weg blockierte. Tackert und Sven sahen die Kollegen sofort. In nur zehn bis zwölf Metern Entfernung zur letzten Baumreihe konnte man deutlich die weißen Overalls ausmachen.

Die Blutspuren befanden sich zwischen drei Bäumen, die einen gewissen Abstand zueinander hatten. Das Unterholz wirkte abgestorben und einzelne Moose und Gräser hatten sich einen Platz erobert. Nur wenige Sonnenstrahlen erreichten den Boden.

Tackert wusste nicht, was er erwartet hatte und war im ersten Augenblick verwirrt, da sich das Blut auf eine Fläche von weit über einem Quadratmeter verteilte. In recht kleinen Mengen. Er hätte auf eine höhere Konzentration bei geringerer Fläche getippt, aber er wusste, dass die Techniker gegebenenfalls Erklärungen liefern würden.

Er erfuhr, dass sich ansonsten nichts entdecken ließ. Ein Umkreis von annähernd dreißig Metern war bereits abgesucht und nach weiteren zwanzig Metern würde man die Suche einstellen.

»Der Ort wäre ideal«, sprach Sven aus, was auch Tackert aufgefallen war. Weit und breit nichts als Natur. In den Nachtstunden vermutlich menschenleer.

»Aber warum sollte man sich abends hier treffen wollen, wo vermutlich noch einige Spaziergänger unterwegs sind?«, klang leiser Zweifel in seiner Stimme. »Oder gemeinsam hier rauskommen? Zu Fuß sind das bestimmt dreißig, vierzig Minuten Fußmarsch vom Parkplatz, und der holprige Feldweg ist abenteuerlich, wie wir ja gerade festgestellt haben.«

»Das schon«, meinte Sven. »Trotzdem bleibt er als möglicher Tatort interessant, finde ich.«

Tackert nickte verhalten und gab Sven ein Zeichen, aufzubrechen.

Sie fanden keine Wendemöglichkeit und mussten die ganze Strecke rückwärtsschleichen, was beide nicht witzig fanden.

»Wie auch immer«, grinste Sven, »einen tiefer gelegten Wagen kann man wohl ausschließen …«

Am Nachmittag kam dann von unerwarteter Seite neue Bewegung in die Sache.

Eine Frau Niemeyer meldete sich telefonisch in ihrer Funktion als Vorsitzende des Fachausschusses Therapeutisches Reiten beim Pferdesportverband Hannover.

»Ich bin ein bisschen hin- und hergerissen, Herr Tackert und ich bitte Sie, das nicht falsch zu verstehen. Mir liegt es fern, jemanden zu denunzieren, aber es widerstrebt meinem Sinn für Gerechtigkeit, die Angelegenheit unausgesprochen im Sande verlaufen zu lassen. Es geht um Herrn Siegfried. Thorsten Siegfried, zweiter Vorsitzender des Fachausschusses Turniersport. Wie sie vermutlich wissen, war Herr Wittkoff Mitglied unseres Sportverbands und längst nicht jeder hier war mit seinem Auftreten in mancherlei Hinsicht einverstanden. Es wird drei, vielleicht vier Monate her sein, als es zwischen Herrn Siegfried und Herrn Wittkoff zu einer sehr unschönen Situation kam. Auslöser war wohl ein Bestechungsversuch oder so was Ähnliches seitens Herrn Wittkoff, so sagt man. Ich muss bei der Gelegenheit betonen, dass mir der Sachverhalt nur vom Hörensagen bekannt ist, dieser aber von verschiedenen Seiten hier im Hause bestätigt wird. Man erzählt sich also, dass Herr Wittkoff Vorteile bei Rennveranstaltungen erkaufen wollte, was Herr Siegfried natürlich abgelehnt haben soll. Als sich die Lage wieder beruhigt hatte, schien die ganze Angelegenheit in Vergessenheit zu geraten. Bis vor drei Wochen. Da passierte Folgendes: Nach einer Verbandssitzung kam es zwischen Herrn Wittkoff und Herrn Siegfried zu einem Handgemenge und ich muss hinzufügen, dass Herr Siegfried weiß Gott auch kein Engel ist. Warum sie aneinandergerieten, weiß niemand genau. Jedenfalls mussten einige Kollegen dazwischengehen und die beiden trennen, und Herr Siegfried kriegte sich gar nicht mehr ein und schrie dem Wittkoff hinterher: >Eines Tages bringe ich dich um, Arschloch<. Wortwörtlich. Und jetzt werden bei uns im Haus einige Stimmen laut, die sich fragen, ob er das nicht vielleicht sogar ernst gemeint hat? – Wie gesagt, der Siegfried ist auch nicht ohne.«

Einen Moment war Tackert schwankend. Ein Mord mit Ankündigung war eher selten. Und Anrufe dieser Art waren nicht selten. Andererseits musste man dem natürlich nachgehen.

Er ließ sich alle relevanten Daten geben und legte auf.

Vorausgesetzt, die Frau hatte nicht übertrieben, war es wichtig, zu erfahren, was den Streit nach der Verbandssitzung ausgelöst hatte und wie ernst die Ankündigung des Thorsten Siegfried einzustufen sei?

Er beauftragte Sonja und Sven, sich darum zu kümmern.

Er, für seinen Teil, steckte augenblicklich zu tief in den Familiengeschichten der Wittkoffs.

Und zu tief in dem Versuch, der trägen Göttergemeinde mehr als ein Hosianna zu entlocken.

15

Marlene Wittkoff war beunruhigt. Nicht, was die Zukunft betraf, davor hatte sie keine bange.

Aber die gegenwärtige Situation war ein Dilemma. Entwickelte sich in eine Richtung, die die Familie spalten wird, wenn es so weitergeht, befürchtete sie.

Das Verhalten Tills und Eileens war schon immer sehr speziell, insbesondere Eileens. Selbst ihr fiel es schwer, der einen oder anderen Entscheidung zu folgen, sie zu verstehen. Da war sie ihrem Vater sehr ähnlich. Verschlossen, selbstbewusst aber egoistisch. Vielleicht zu egoistisch, um den Respekt zu erhalten, der nötig war. Schlimm auch der Umstand, dass man bei ihr nie wusste, woran man ist.

Da war Till ganz anders. Der war meist zu deutlich. Zu deutlich und zu energisch. In den letzten Jahren gab es vereinzelt Anzeichen, dass sich alte Zustände wieder Zutritt verschaffen wollten. Aber genau wusste sie das nicht. Vielleicht war das nur Einbildung.

Schließlich redeten sie im Kreise der Familie genug miteinander.

Aber waren sie auch ehrlich zueinander? Gab es nicht doch zu viele Dinge, die nie angesprochen wurden? Wo jeder sein eigenes Süppchen kocht und der eigene Vorteil im Vordergrund steht?

Wenn sie sich selbst gegenüber ganz ehrlich war, lief es darauf hinaus. Und wenn sie schon dabei war, die

Sache realistisch zu betrachten, dann musste sie sich auch eingestehen, dass sie längst ihre beiden Kinder aus den Augen verloren hatte.

Seit damals, seit dem Unfall.

Till und Eileen waren anwesend, mehr aber nicht. Sie störten nicht, waren aber auch kein Grund, sich übermäßig zu investieren.

War sie die letzten Jahre zu sehr mit sich selbst beschäftigt?

Mit der Unzufriedenheit? Den Ängsten?

Hatte sie die anderen gar nicht mehr richtig wahrgenommen?

Was war mit Rüdiger, ihrem Mann? War ihr etwas entgangen?

Und mit Till?

Mit Eileen?

Und dann die finale Frage:

War am Ende einer der beiden womöglich imstande, den eigenen Vater umzubringen?

Oder beide?

Bei dem Gedanken hätte sie am liebsten heulen wollen. Aber sie konnte nicht.

***

Die Namensliste in Tackerts Notizen wurde immer länger. Die Querverweise immer unübersichtlicher. Zu viele Fragezeichen hinter zu vielen Personen.

Und es war nicht ratsam, Streichungen vorzunehmen.

Ohne es bewusst aufzurufen, fiel ihm auf, dass sich immer wieder die Frage nach Jasper Hanebuth in seinem Kopf Zugang verschaffte.

Sein Handy meldete sich und zeigte eine WhatsApp-Nachricht von Elisa an.

>Der Kassettenrekorder hat sich gemeldet. Kannst du helfen?<

Telefonnummer und Name hatte sie mitgeliefert und es war wenig zeitaufwändig, die passende Adresse herauszusuchen.

Bevor er aufbrach, überprüfte er noch, ob der Mann aktenkundig war, ob etwas gegen ihn vorlag.

Aber der betreffende Stefan Jungblut ergab kein Ergebnis.

Eigentlich hätte er wetten wollen, dass der Mann in Elisabeths Nachbarschaft zu finden war, aber dem war nicht so. Herr Jungblut hatte seine Meldeadresse zwei Stadtteile entfernt. Und das war der erste Punkt der Überraschungen.

Der zweite Punkt:

Als ihm die Wohnungstür geöffnet wurde, entsprach der Kerl so gar nicht seinen Vorstellungen. Kein unrasierter Mann im Seniorenalter, keine abgewetzte Jogginghose und keine Anzeichen von sozialer Verarmung.

Ihm gegenüber stand ein Mann, höchstens Mitte vierzig, im weißen Hemd mit Krawatte und Bügelfalten in der Hose. Der Haarschnitt war militärisch akkurat und ein dezenter Duft von Rasierwasser ging von ihm aus.

Tackert hielt ihm den Dienstausweis unter die Nase.

»Kripo? Mordkommission? Ist etwas passiert?« Ein wenig erschrocken sah er Tackert neugierig an.

»Allerdings«, erwiderte Tackert ernst. »Es ist etwas passiert, Herr Jungblut. Ich bin gekommen, um Ihnen mitzuteilen, dass Sie aufgeflogen sind. Ich fordere Sie auf, zukünftig jede Form von Stalking zu unterlassen. Jede noch so kleine Aktivität Ihrerseits wird ein Nachspiel haben und unabhängig davon, ob durch Geschädigte Strafanzeige gestellt wird oder nicht, werden wir – sollten Sie das in Zukunft nicht unterlassen - von offizieller Seite eingreifen und durchgreifen. Ich weiß nicht, was Sie antreibt, Seniorinnen zu belästigen, aber damit ist jetzt Schluss. Ich hoffe, Herr Jungblut, wir haben uns verstanden?«

Der Mann schaute Tackert stumm an, bevor sich Verlegenheit in seinem Gesicht ausbreitete. »Äh ... ja. Äh ... Wie kommen Sie auf mich? Ich habe nichts ...«

Tackert hatte keine Lust auf Theater und wurde energisch.

»Doch. Sie haben, Herr Jungblut, Sie haben. Und das lässt sich beweisen. Also nochmal: Sie hören sofort ... sofort auf mit dem Scheiß. Ansonsten wird es sehr unangenehm für Sie werden ... Haben Sie das jetzt verstanden?«

Stefan Jungblut sah aus, als hätte man ihn beim Diebstahl von Kondomen erwischt und quälte ein kaum hörbares »Ja« heraus.

»Gut«, sagte Tackert, drehte sich um und verschwand.

Noch schnell Elisabeth, Elisas Mutter, zu verständigen, war selbstverständlich und lag auch fast auf dem Weg.

Sie freute sich über den unerwarteten Besuch und wollte gleich Kaffee und Kuchen auftischen. Tackert hatte alle Mühe, sie davon abzuhalten.

»Ich habe nicht so viel Zeit, Elisabeth, aber danke. Ich bin nur gekommen, um dir mitzuteilen, dass du in Zukunft Ruhe haben solltest. Ich komme gerade von dem Kassettenrekorder und denke, ich habe ihm deutlich zu verstehen gegeben, dass jetzt Schluss damit sein muss. Hast du dir schon überlegt, ob du den Mann anzeigen willst?«

»Ach Richard, ich weiß nicht«, zeigte sie sich unschlüssig. »Das ist doch bestimmt nur eine arme Seele, die unbedacht gehandelt hat. Ich weiß nicht ... Mir ist ja auch nichts passiert.«

Tackert hatte einen ähnlichen Wortlaut erwartet.

»Das musst du wissen. Aber wenn auch nur noch einmal etwas vorfallen sollte, werde ich dich ohne Ende nerven.«

»Ich weiß«, schmunzelte die Mutter. »Ich werde noch mal drüber nachdenken, ich verspreche es. – Wie geht es denn mit deinem Fall voran? Gibt es schon eine heiße Spur? Elisa sagt, dass du eine Verbindung zu dem Hanebuth suchst, aber sag mal, glaubst du wirklich, dass es eine gibt?«

Na toll. Woher weiß die Mutter von seinen intimen Überlegungen? Diskretion ist was anderes.

»Ich weiß nicht. Mein Verstand sagt nein, meine Intuition sagt: Obacht!«

»Obacht?«

»Ja.«

»Willst du nicht doch einen Kaffee?«

»Nein, danke. Ich muss gleich …«

»Ein Stück Kuchen. Selbstgebacken. Apfelkuchen mit Äpfeln aus dem alten Land.«

Apfelkuchen? Hm …

»Elisabeth, ich muss …«

»Du musst gar nichts. So ein paar Minuten wirst du ja wohl Zeit haben. Da wird dein Täter schon nicht das Weite suchen.«

»Elisabeth. Ich habe noch …«

»Na also. Ich setze schnell Kaffee auf. Du kannst ja schon mal die Tassen hinstellen. Du weißt ja, wo sie stehen.«

Tackert gab sich geschlagen, nicht zuletzt, weil sich selbstgebackener Apfelkuchen alarmierend verlockend anhörte.

»Hast du geklärt, ob dein Mordopfer ein Nachkomme des Folterknechtes ist, der damals den Hanebuth malträtiert hat? Wenn ich mich recht erinnere, war er doch bloß Räuber und hat die Morde nur unter Folter gestanden. Und so makabere Berufe wie Folterknecht und Henker sind damals an die Söhne weitergegeben worden. Über Generationen. Die Leute waren gesellschaftlich am äußersten Rand angesiedelt, hatten ihre Häuser meist außerhalb der Dorfgemeinschaften. Vielleicht lässt sich ja zurückverfolgen, ob der Stammbaum Hinweise enthält?«

»Ich fürchte, Elisabeth, das ist unrealistisch. Irgendwo wird sich die Lücke auftun und das Ganze wird zum Kristallkugellesen.«

»Das ist nicht gesagt. Ich würde es riskieren. Zu verlieren hast du nichts.«

»Bis auf jede Menge Zeit. Außerdem, wie schon erwähnt, sagt mir mein Hirn, dass es Quatsch ist.«

Elisabeth hob den Zeigefinger und sagte feierlich: »Und ich sage: Obacht.«

Der Apfelkuchen war der Hammer und Tackert registrierte, dass die ungewollte Unterbrechung neue Kräfte freisetzte.

Vielleicht würde er dieses Thema ja später mit den Kollegen besprechen.

Oder war die Aussicht, sich zu blamieren, zu groß?

16

Am späten Nachmittag rief Ruland von der KTU an und lieferte die befürchtete Ernüchterung. Bei dem Blut aus dem kleinen Wald handelte es sich nicht um menschliches Blut, sondern stammte vermutlich von einem Dachs.

Ein Dachs in Isernhagen, dachte Tackert nur. Armer Kerl. Hoffentlich hatte er sich nicht zu schlimm verletzt.

Aber trotzdem blieb die Aussage des Handwerkers übrig, der glaubte, einen Schuss gehört zu haben. Und er zweifelte nicht an der Richtigkeit der Aussage.

Mist!

Demnach blieb der Tatort weiter unbekannt. Und das war ein echtes Hindernis.

Also nochmal von vorne:

Wittkoff verlässt nachmittags mit seinem Range Rover das Gestüt, vermutlich Richtung Norden. Der Wagen wird irgendwann in Kananohe abgestellt. Zu diesem Zeitpunkt saß vermutlich eine unbekannte Person am Steuer, warum hätte man sonst das Lenkrad penibelst abwischen sollen?

Aber saß Wittkoff mit im Fahrzeug? Alles deutet darauf hin, dass der Wagen unmöglich in das Tatgeschehen passt. Nicht der kleinste Hinweis war vorhanden, keine noch so kleine Spur.

Also lebte er da noch, oder aber, er hatte das Fahrzeug schon vorher verlassen und war bereits tot. Und dann hatte die Fahrt nur den Zweck, den Wagen aus der Tatortnähe verschwinden zu lassen.

Aber warum?

Weil der Tatort deutlich macht, wo der Täter zu finden war? Eine durchaus ernstzunehmende Theorie, die ihm gefiel.

Folgt man aber dem bisherigen Verlauf der Ermittlungen, kommt nur das Gestüt oder das Wettbüro in Frage, aber an beiden Orten gab es keine Anzeichen dafür. Auch die Kleidung des Opfers war unauffällig. Alles, was an Spuren vorhanden war, stellte sich als unverdächtig heraus, als Spuren seines alltäglichen Umfelds.

Oder lag gerade dort der Fehler?

War Wittkoff in seinem tagtäglichen Bewegungsprofil erschossen worden?

Sollte man nicht vielleicht doch den kompletten Hof unter die Lupe nehmen?

Aber dafür war es eigentlich schon zu spät und sie konnten ja schlecht alles dort umgraben. Da würde wohl auch der Staatsanwalt nicht mitmachen.

Und, hätten dann nicht außerdem Laura und Dominique was mitbekommen müssen?

***

Sonja und Sven wurden in die zweite Etage geschickt, wo in Zimmer zweihundertdrei Thorsten Siegfried zu finden sein sollte.

Als Sven anklopfte, forderte eine sonore Stimme auf, einzutreten.

Thorsten Siegfried war einundvierzig, von kräftiger Statur und hatte ein kantiges Gesicht. Auffallend war der fordernde, vielleicht arrogante Blick. Der Fünf-Tage-Bart unterstrich ein wenig den Eindruck, einem resoluten Charakter gegenüberzustehen, der, sollte es darauf ankommen, wusste, wie man sich zu verteidigen hatte.

Sonja war dieser Mensch schon unsympathisch, bevor überhaupt ein Wort gesprochen wurde. Sven erging es ähnlich.

»Wir ermitteln im Fall Rüdiger Wittkoff«, erklärte Sonja. »Der Grund unseres Besuchs beruht auf einer Auseinandersetzung, die Sie mit Herrn Wittkoff vor zirka drei Wochen hatten, nach der letzten Verbandssitzung. Uns interessiert, worum es dabei ging? Was führte zu diesem Streit?«

Der Mann zog die Stirn in Falten und schob seinen Oberkörper nach vorne.

»Was soll das werden? Hat da jemand behauptet, ich hätte das Arschloch kalt gemacht? Lächerlich.«

»Herr Siegfried, bitte. Warum dieser Streit?«

»Wer? Wer hat Ihnen das gesteckt? Der Bertram?, der Hinrichsen oder die Niemeyer? Was wurde da behauptet? Ich will das wissen.«

»Nochmal, Herr Siegfried, was war der Grund für die Auseinandersetzung?« Sonja achtete darauf, sachlich zu klingen.

»Das war privat und geht Sie eigentlich nichts an. Und nein, ich habe ihn nicht umgebracht.«

Sven schaltete sich ein. »Herr Siegfried. So wird das nichts. Dann sitzen wir in zwei Stunden noch hier oder führen das Gespräch im Kommissariat weiter … und das kann dann richtig lange dauern. Eine einfache Frage, eine einfache Antwort, bitte.«

»Mann, Mann. Schöne, sogenannte Kollegen sind das. – Ich habe mit etwas kritisch zu seinem Zuchtbetrieb geäußert, das war alles.«

»Kritisch?«

»Ja, kritisch.«

»Was genau?«

»Mein Gott. Dass sein Betrieb keine Zukunft mehr hat, wenn er so weitermacht.«

Sven und Sonja warteten auf eine Erklärung, die aber nicht kam.

»Wenn er so weitermacht? Was heißt das?«

»Was das heißt? Das sollten Sie eigentlich schon selbst herausgefunden haben.«

Sonja sah sich in ihrem Vorurteil bestätigt und ermahnte sich, sich professionell zu verhalten. Mit jeder Minute stieg ihre Abneigung.

»Was meinen Sie genau? Was sollten wir herausgefunden haben?«

»Was man sich so sagt, eben. Was unter Veranstaltern, Züchtern und Sportlern die Runde macht.«

»Und was soll das sein?«

»Ist Ihnen das wirklich nicht bekannt? Das würde aber die Qualität der Arbeit unserer Polizei wieder mal sehr in Frage stellen. Ich rede von einem alten Sack, von jungen Auszubildenden und einer Frau, die wegschaut.«

Das hatte gesessen.

Vollkommen perplex starrten beide ihren Gegenüber an, waren sie doch von einer inhaltlich ganz anderen Antwort ausgegangen.

Sonja fand als erste wieder ins Gespräch.

»Sie sprechen von sexueller Belästigung. Das sind schwere Vorwürfe, Herr Siegfried. Gab es denn entsprechende Indizien, oder beruht das auf dem dummen Gequatsche der Leute, die anderen gerne Schaden zufügen wollen, ohne sich über die Konsequenzen Gedanken zu machen?«

»Das weiß ich nicht, aber jeder, der ihn kennt, würde ihm das zutrauen. - Kannte, er ist ja jetzt tot.«

»Und Sie haben ihm das offen gesagt? - Warum eigentlich?«

»Weil das erbärmliche Arschloch sich hier teilweise Sachen herausgenommen hat, die gingen gar nicht. Der große Obermacker, der meinte, wenn er mit dem Finger schnippt, springen alle. Wurde Zeit, ihn mal richtig zu reizen, richtig einen Dämpfer zu verpassen. Und ihm zu sagen, dass alle Welt über seine Schweinereien Bescheid weiß, das Arschloch.«

»Sie mochten ihn nicht besonders, oder?«

»Weiß Gott nicht.«

»Hatte Herr Wittkoff jemals versucht, sich Vorteile zu erkaufen?«

»Hä? Wie kommen Sie jetzt darauf? Was für Vorteile? Wir sind hier ein Verband und nicht das Rotlichtviertel. Hier kann man sich nichts erkaufen.«

»Das bedeutet ja nicht, kleine Gefallen zu ermöglichen. Ihr Einfluss erreicht doch sicherlich eine Menge Leute.«

Thorsten Siegfried faltete die Hände wie zum Gebet.

»Was wollen Sie mir eigentlich unterstellen? Dass ich bestechlich bin? Ich arbeite seit vierzehn Jahren hier und habe mir nie etwas zu Schulden kommen lassen. Und das wird sich auch in Zukunft nicht ändern. – Sie wollten von mir den Grund wissen, warum ich mit dem Arschloch aneinandergeraten bin und den habe ich Ihnen genannt. Was wollen Sie noch?«

»Kennen Sie das Gestüt der Wittkoffs? Waren sie mal dort?« Sonja war nicht gewillt, sich von diesem Mann aus dem Konzept bringen zu lassen.

»Vielleicht zwei, drei Mal.«

»Und das war ausreichend, um dem Gerede Glauben zu schenken?«

»Hören Sie mal: Wenn nur zehn Prozent der Geschichten stimmen, die über die Wittkoffs die Runde machen, dann kann man nicht anders als zu behaupten, dass die ganze Familie irgendwie krank ist. Jeder auf eine andere Art und Weise. Wie ist denn Ihr Eindruck? Sie müssen sich doch bereits ein Bild gemacht haben? Da muss Ihnen doch aufgefallen sein, dass da was nicht stimmt?«

Sven schaltete sich wieder ein. »Was wird denn über die anderen Familienmitglieder erzählt?«

»Jetzt ist aber gut, denke ich«, wehrte Thorsten Siegfried ab. »Ich sehe keinen Grund, Ihnen weitere Gerüchte oder was auch immer zu servieren. Das sollte für Sie ja nicht so schwer sein, eigene Eindrücke zu sammeln.«

»Welchen Eindruck hatten Sie denn, als Sie, wie Sie

sagten, zwei, drei Mal auf dem Gestüt waren?«

»Dass der alte Wittkoff ein geiler, alter Sack ist und einen sehr zweifelhaften Umgang mit den beiden Mädels dort an den Tag legte. Und jetzt sag´ ich nichts mehr. Machen Sie ihre Arbeit, dann werden Sie schnell dahinterkommen, was für ein Mensch Wittkoff war. – Ihre ursprüngliche Frage habe ich beantwortet und jetzt müssen Sie mich entschuldigen aber ich habe noch eine Menge Arbeit zu erledigen.«

Sonja uns Sven glaubten, genug erfahren zu haben, und verabschiedeten sich.

Auf dem Weg zum Ausgang fragte Sonja:

»Und? Was sagst du?«

»Schwer zu sagen. Entweder wollte er die ganze Zeit nur ablenken und einer Befragung in Richtung Bestechung nur ausweichen, oder er ist sauber und sagt die Wahrheit.«

»Oder beides«, entgegnete Sonja, und es klang fast so, als wäre sie davon überzeugt.

17

Am Abend saßen Tackert und Elisa am Gartenteich und gönnten sich ein Gläschen Merlot. Die Frühlingssonne gab alles, um den frühen Abendstunden noch ein bisschen Wärme mit auf den Weg zu geben.

»Ich soll dir von meiner Mutter nochmals danke sagen«, erklärte Elisa. »Sie glaubt aber, dass sie von einer Anzeige Abstand nehmen will. Das ist ihr alles zu anstrengend und sie wäre froh, wenn sie einfach ihre Ruhe hat.«

»Kann ich verstehen«, murmelte Tackert und war scheinbar mit seinen Gedanken gerade ganz wo anders, was Elisa nicht entging.

»Was grübelst du, Richard? Lässt dir der Hanebuth keine Ruhe?«

»Nee. Was anderes.«

»Und was?«

»Der Striptease.«

»Was?« Elisa musste lachen.

»Striptease. Ich habe von einem Kurs für Männer gehört, wo auch der Mann die Kunst des erotischen Entkleidens erlernen kann. Finde ich hochinteressant. Und der Zwei-Tage-Intensivkurs kostet nur lumpige dreihundert Euro. «

»Und du willst dich da anmelden?«

Elisa grinste ziemlich blöde, wie Tackert fand.

»Warum nicht? Die eleganten Bewegungen, die Sinnlichkeit in meiner Ausstrahlung, mein sexy Hüftschwung wären die besten Voraussetzungen für die erforderliche Körpersprache.«

Elisa lachte jetzt herzhaft.

»Körpersprache? Dein Körper spricht von mindestens zehn Kilo zu viel Bauchspeck, von ausgeleierten Gelenken und Muskeln und Falten am Arsch.«

»Na und. Dafür bringe ich als alter Fußballer die Beweglichkeit und die Taktik mit. Und das Grazile, Schlangenhafte.«

»Schlangenhafte? Na schön. Obwohl ich ja für vieles offen bin, aber ich frage mich, was du damit bezwecken möchtest? Auf dem nächsten Polizeifest die Kolleginnen erschrecken?«

»Warum erschrecken? In demütiges Erstaunen versetzen…«

»Willst du dich mit aller Gewalt zum Affen machen? Auch wenn die Welt voll von solchen Typen ist, darunter sogar mächtige Präsidenten, musst du dich doch nicht mit herabgelassenen Hosen ins Verderben stürzen.«

»Ich habe nicht vor, mich ins Verderben zu stürzen, Elisa, nur in eine Welt der gekonnten Verführung.«

»Auf die Verführung bin ich gespannt. Wahrscheinlich wird es eine Verführung der Lachmuskeln und der Selbstbeherrschung.«

»Du bist eindeutig zu negativ, Elisa. So ein knisternder Striptease kann die Eröffnung eines leidenschaftlichen Abends voller Feuer sein.«

»Wenn es knistern soll, dann besorg dir lieber gut abgelagertes Brennholz. Das entzündet garantiert ein Feuer.«

Jetzt musste auch Tackert lachen.

»Der war wirklich gut, Elisa. Obwohl ich deine Zweifel nicht teile. Ich wäre bestimmt ein neuer Stern am Erotikhimmel und die Frauenwelt würde mir zu Füßen liegen.«

»Ja. Die einen, die ihre Kontaktlinse suchen, die anderen, um die Bühne niederzureißen.«

»Ich sehe schon, ich kann dich nicht dafür begeistern«, tat Tackert enttäuscht.

»Nicht wirklich«, lächelte Elisa ihn mitleidsvoll an. »Wenn du mich begeistern willst, hol einfach noch ein Glas Wein.«

»Na gut. Dann mach ich vielleicht ein Power Workout und lerne Pole Dance, wenn ich denne mal irgendwann meine Lieblings High Heels wiederfinde.«

Die Nacht träumte Tackert mal wieder.

Bei der Wahl zum Mister Striptease 2020 belegte er den dritten Platz, gleich hinter Brad Pitt und Donald Trump.

Donald Trump?

Brad Pitt war ja zu verstehen, gegen den verlor sogar Johnny Depp.

Aber Donald Trump?

Daraus muss man die nötigen Konsequenzen ziehen, sagte er sich, und entschied, nie, nie wieder der Damenwelt seine ästhetischen Entblätterungskünste zu schenken.

18

»Ein elendes Hin und Her ist das«, nörgelte Tackert am nächsten Morgen, als sie sich zu einem Gedankenaustausch trafen. »Nachdem von Dominique und Laura Entwarnung signalisiert wurde, dachte ich, das Thema ist weitestgehend erledigt. Und jetzt das ...«

»Ich bin mir nicht sicher, ob man der Aussage Siegfrieds so viel Gewicht verleihen sollte«, sagte Sonja. »Ich glaube, Sven sieht das genauso.«

Der nickte zustimmend.

»Wenn wir zum Beispiel Nele mal ein bisschen mehr ausquetschen würden, kommen wir eventuell eher zu einer deutlicheren Einschätzung. Nele, aber auch Henning. Die sind beide in den Befragungen ein bisschen nach hinten gerutscht, finde ich.«

»Und den Pankowiak verlieren wir auch langsam aus den Augen«, mahnte Jan. »Ich habe gestern nochmal mit Herwaldt vom Betrug gesprochen und von da kommen eindringliche Worte, den Typen nicht zu unterschätzen. Nicht nur, dass für die Kollegen feststeht, dass er genug Dreck am Stecken hat. Auch die Leute aus seinem Umfeld sind nicht ohne.«

»Ich weiß«, bestätigte Tackert, »aber was können wir unternehmen, um ihm was nachzuweisen. Die Kollegen beißen sich seit zwei Jahren - oder mehr - die Zähne aus.«

»Wir müssen den Tatort finden«, wechselte Nicola

entschlossen das Thema. »Ich glaube fest daran, dass Wittkoff nicht weit gefahren ist. Auch, wenn es sich verrückt anhört, ich wäre für eine weiträumige Suche um das Gestüt. Mindestens drei bis vier Kilometer. Und wir sollten die Fahrzeuge der Familienangehörigen untersuchen lassen. Wenigstens auf Blutspuren.«

»Das finde ich auch wichtig«, gab ihr Sonja recht. Die anderen nickten mit den Köpfen.

Auch Tackert erkannte die Notwenigkeit, langsam etwas mehr Bewegung zu erzeugen und bat Sven, nachher alles in die Wege zu leiten.

»Und wir werden die beiden jungen Frauen ins Präsidium holen, um ein für alle mal zu klären, was sich der alte Wittkoff erlaubt hat, und was nicht. Vielleicht erzeugt die ungewohnte Umgebung ja eine andere Gesprächsbereitschaft, oder was auch immer. Und es werden Einzelgespräche geführt. Das sollten Nicola und Sonja übernehmen und Sven und ich werden zum x-ten Mal nach Isernhagen rausfahren. - Vielleicht sollten wir uns tatsächlich da irgendwo endlich einnisten.«

»Noch ein Wort zu den Einstellern«, meldete sich Jan nochmal. »Die können wir alle ausschließen. Alle haben ein handfestes Alibi bis auf eine Frau ...äh, Frau Hasselberg. Eine Witwe, Mitte fünfzig ohne Führerschein und seit zwei Wochen mit einem Gipsbein. Und niemand weiß von einem Streit oder Ähnlichem. Gilt als friedfertig und unauffällig.«

»Okay«, gab Tackert von sich und beendete die Zusammenkunft.

Zwei Stunden später durchquerten Tackert und Sven

das bekannte Eingangstor und stellen den Wagen ab.

Ein knallroter Toyota Pick-up mit Braunschweiger Kennzeichen, der schlecht eingeparkt stand und fast zwei Plätze einnahm, stach ihnen sofort ins Auge.

An der Reithalle im Hintergrund sahen sie zwei Personen, die wild gestikulierend aufeinander einredeten. Die eine war Marlene Wittkoff, die andere vermutlich der Besucher mit dem Pick-up.

Als Tackert und Sven auf sie zusteuerten, änderte sich das Verhalten der beiden und noch bevor sie bei ihnen eintrafen, trennten sich die zwei.

»Probleme?«, fragte Tackert die Mutter.

»Nicht der Rede wert«, wehrte sie ab. »Was wollen Sie denn heute schon wieder?«

Der Hauptkommissar erklärte ihr, dass er gerne mit Nele sprechen würde.

»Die ist oben«, sagte Marlene und deutet zum Haus.

Sie trafen Nele und ihre Tochter auf der Treppe und Nele bat die beiden Ermittler in die Wohnung.

»Wir hätten von Ihnen gerne eine Einschätzung, Frau Wittkoff«, nannte Tackert als Grund für den Besuch. Aus den Augenwinkeln sah er, wie Sven mit der Kleinen herumschäkerte.

»Im Umfeld ihres Schwiegervaters werden Stimmen laut, die behaupten, dass sein Umgang mit Dominique und Laura nicht immer so diszipliniert war, wie er eigentlich sein sollte.«

Nele verzog keine Miene, sondern schaute starr an Tackert vorbei.

»Kann ich mich darauf verlassen, dass das, was ich zu

sagen habe, unter uns bleibt? Zumindest nicht zu meiner Schwiegermutter durchdringt?«

»Das kommt darauf an, was Sie zu sagen haben«, versuchte Tackert, zu beruhigen. »Aber was es auch immer sein mag, wenn es sich irgendwie vermeiden lässt, ja.«

»Wir haben das schon eine ganze Weile beobachtet, Till und ich, und waren uns bis zum Schluss uneinig. Manchmal hatten wir den Verdacht, dass Rüdiger zu weit geht, in der Art, wie er die beiden – wie soll ich sagen? – bedrängt? Till sagte mal, dass Laura und Dominique damit sehr geschickt umgehen und ihn deutlich auf Abstand halten, und dass er nie das Gefühl hatte, beziehungsweise, die beiden sich entsprechend geäußert haben, dass da irgendetwas einen bestimmten Punkt überschritten habe. Ich glaube auch, dass insbesondere Dominique, die ja scheinbar in Till verknallt ist ... oder vielleicht sogar beide, etwas gesagt hätte. Ich persönlich hatte den Eindruck, dass die beiden Mädels gerne was gesagt hätten, aber Bedenken hatten. Ich glaube, die fühlen sich hier eigentlich ganz wohl und wollen ihre Ausbildung auf dem Gestüt gerne beenden und haben es deshalb hingenommen. Sicherlich ist es – war es - für sie nicht angenehm, aber scheinbar auch nicht unerträglich. Wenn Sie mich aber fragen, ob eine der beiden was mit seinem Tod zu tun hat ... Niemals. Keine der beiden wäre zu sowas fähig. Auch in der Annahme der schlimmsten Befürchtungen nicht.«

Sven hatte sich in der Zwischenzeit mit der kleinen Alexandra in eine Ecke verzogen und spielte mit Kuscheltieren.

»Und was ist mit Anna?«

»Soweit ich das beurteilen kann, ist sie nicht so betroffen gewesen. Sie ist ja aber auch nur an zwei Tagen in der Woche für zwei, drei Stunden da, und da läuft man sich nicht so oft über den Weg. Und sie ist ja auch noch recht jung. Ich weiß, das ist kein Grund, aber ich glaube trotzdem, dass Anna außen vor war.«

»Sie betonten vorhin, dass ihre Schwiegermutter nichts erfahren soll. Ist sie denn wirklich nicht im Bilde, was sich hier auf dem Hof abspielt?«

Nele lächelte geheimnisvoll.

»Das weiß niemand genau. Auch nicht Till oder Eileen. Sie scheint manchmal sehr desinteressiert, bei allem, was hier passiert, und äußert sich nur sehr selten. Till meint, dass sie sich nach dem Unfall sehr verändert hat. Vielleicht war es ihr völlig egal geworden, was ihr Mann treibt. Ich weiß es nicht. Mein persönlicher Eindruck ist aber der, dass sie ganz genau über alles Bescheid weiß. Jede Kleinigkeit. Vielleicht zieht sie sogar im Hintergrund alle Strippen ... und keiner merkt es.«

In der Ecke erhielt Sven gerade einen Rüffel, weil er es gewagt hatte, Alexandras Lieblingstier anzufassen. Die lautstarke Zurechtweisung seitens der Kleinen erforderte ein strenges >Alex!< von der Mama und jetzt war wieder Ruhe.

»Also eventuell auch, dass ihr Mann Dominique und Laura nachstellte? Frau Wittkoff, sprechen sie ruhig offen. Ich habe das Gefühl, dass Sie Ihrer Schwiegermutter einen größeren Einfluss zutrauen, als es nach außen den Anschein macht. Kann es sein, dass sie ihren Mann zur

Rede stellen wollte?«

»Sie wollen damit sagen, dass sie ihn ... Nein. Da liegen Sie falsch. Wenn sie ihn hätte bestrafen wollen, hätte sie einen anderen Weg gewählt. Sie hätte sehen wollen, wie er leidet. Um am meisten gelitten hätte er, wenn seine Geschäfte erfolglos verlaufen wären. Wenn seine Arroganz ihm das Genick gebrochen hätte. Und das, hätte sie jederzeit beeinflussen können. Sie besitzt das Wissen, hat immer noch beste Kontakte und kennt alle Tricks, die im Pferdehandel vorkommen. Die hätte ihn fertiggemacht ... und nicht erschossen.«

»Hm. – Wie war denn in den letzten Jahren die Beziehung der beiden zueinander? Was meinen Sie?«

Nele wog den Kopf hin und her.

»Schwer zu sagen. Ich glaube nicht, dass sie kaputt war, aber auch nicht gut. Vielleicht ist das einfach so nach all den Jahren?«

»Haben Sie einen Verdacht, wer Ihren Schwiegervater erschossen haben könnte?«

Sie schüttelte den Kopf.

»Da gibt es zu viele Leute, bei denen er sich unbeliebt gemacht hat. Aber ob das reicht, um einen Mord zu begehen? Ich weiß nicht.«

In der Spielecke wurde es unruhig. Die kleine Alexandra versuchte Sven daran zu hindern, Tackert eines ihrer Kuscheltiere zu zeigen. Es war der abgeliebte Hase, den Tackert schon von ihrer ersten Begegnung kannte und der mit ihr gemeinsam hinter Mama Deckung suchte.

»Schau dir das mal an, Richard. Das ist Benny ... und Benny hat sein Glöckchen verloren, das er um den Hals trug. Wenn ich alles richtig verstanden habe, erst vor wenigen Tagen.«

Tackert nahm den Hasen in die Hände. Das um den Hals liegende rote Bändchen war gerissen und die losen Enden baumelten herab.

»Ja«, sagte Nele. »Der Hase hat vor ein paar Tagen sein Glöckchen verloren und wir haben es bisher noch nicht wiedergefunden. Alexandra ist deswegen sehr traurig.«

»Wissen Sie, wann und wo es verloren gegangen ist?«

Tackert lauerte förmlich auf die Antwort.

»Irgendwo auf dem Hof. Aber wo genau? Keine Ahnung, Alexandra schleppt den Hasen den ganzen Tag mit rum und bewegt sich oft auf dem ganzen Gelände. - Und wann, wissen wir auch nicht genau. Wir glauben, es war einen Tag vor dem Tag, als mein Schwiegervater ...« Sie brach ab.

»Es ist vermutlich zwecklos, die Kleine zu fragen, wo sie in den relevanten zwei Tagen gespielt hat?« Tackert wusste, dass die Frage unnütz war. Unnütz und ein bisschen dämlich.

»Ja«, sagte Nele dann auch. »Zeitangaben in dem Alter ... Noch nicht. Und wenn Sie sie fragen, wo sie war, dann kann es sein, dass sie behauptet, Oma besucht zu haben. Und die lebt in der Nähe von Frankfurt.«

Tackert schmunzelte und deutet sein Verstehen an.

»Gut, Frau Wittkoff, dann nur noch eine Frage. Als wir vorhin hier ankamen, war ein Besucher auf dem Hof. Roter Pick-up, Braunschweiger Kennzeichen. Wissen Sie, wer das ist?«

»Keine Ahnung. Es gibt mal wieder Theater wegen eines Verkaufs. Fragen Sie Eileen.«

Tackert behielt insbesondere das >mal wieder< im Gedächtnis.

Sie verabschiedeten sich.

Als sie auf den Hof hinaustraten, meinte Sven: »Aus meiner Sicht hat sich damit deine schöne Hypothese mit dem Hanebuth erledigt. Jetzt müsste man nur noch wissen, ob der alte Wittkoff das Glöckchen gefunden und eingesteckt hat, oder ob es ihm jemand in die Tasche legte?«

»Ja«, sagte Tackert gedankenverloren und hielt nach Eileen Ausschau. Aber die war gemeinsam mit Henning unterwegs.

Bevor sie verschwanden, erteilten sie noch den beiden Auszubildenden die Aufforderung, morgen früh um zehn im Präsidium zu erscheinen, was von den Zweien mit viel Unverständnis aufgenommen wurde.

19

Nicola übernahm am nächsten Morgen das Gespräch mit Laura, die, ohne sich umzuziehen, in Reithose, Stiefeln und Reiterweste erschienen war. Genauso wie Dominique auch.

Sie wirkte etwas verängstigt, als sie von der Kollegin getrennt und von Nicola in einen offiziellen Verhörraum geführt wurde.

»Machen Sie sich keine Sorgen, Laura«, eröffnete Nicola in freundschaftlichem Ton. »Was wir heute hier machen, ist nichts anderes, als eine Zusammenfassung ihrer Aussagen festzuhalten. Ich muss Sie aber darauf hinweisen, dass eventuelle Falschaussagen ein Nachspiel haben könnten. Es ist also wichtig, wahrheitsgemäß zu antworten. – Ich werde Ihnen einige direkte Fragen stellen müssen und die erste lautet folgendermaßen: Wurden Sie jemals von Herrn Wittkoff unsittlich berührt?«

»Ja. Durch sowas wie die Andeutung eines Handauflegens am Hintern, mehr oder weniger. Ansonsten nein. Kein Begrabschen der Brust, der Scham oder wo auch immer.«

»Wie oft ist das vorgekommen?«

»Vier, fünf, vielleicht sechs Mal? Ich habe nicht mitgezählt.«

Laura war sichtlich genervt, stellte Nicola fest. War es

wegen der immer gleichen Fragen, die seit ein paar Tagen gestellt wurden?

»Hat eine von euch ihm jemals gesagt, dass euch das unangenehm ist? Dass ihr das nicht wollt?«

»Ja. Indirekt.«

»Indirekt? Hm. - Und es hatte sich nichts geändert, danach?«

»Nein.«

»Gut. Kam es zu verbalen, eindeutigen Angeboten?«

»Nein.«

»Zu verbalen Anspielungen?«

»Das kann ich nur aus meiner persönlichen Sicht beantworten. Ja, es gab Anspielungen, die einem aber fast tagtäglich begegnen. Die Anspielungen von Herrn Wittkoff waren um einiges harmloser als die, die einem in den sozialen Netzwerken begegnen. Das hatten wir doch schon alles zig Mal. Und ich glaube, wir haben das schon ehrlich und ausführlich geschildert. Ich denke, wir können das hier abkürzen. Ich, oder besser wir, wurden weder in Worten, schon gar nicht in tätlichen Attacken dazu aufgefordert, sexuell aktiv zu werden. Sollte das jemand behaupten, ist das schlichtweg erlogen. Ich weiß langsam nicht mehr, was das soll? Glauben Sie ernsthaft, wir hätten uns wegen eines sexuellen Missbrauchs gerächt und ihn abgeknallt? Notieren Sie ruhig: Ja, er war interessiert, hat dieses auch hin und wieder unbeholfen zum Ausdruck gebracht, aber mehr auch nicht. Keine Erpressung, keine Nötigung, keine Übergriffe. Da war nichts, und es wäre auch nie was draus geworden. Und ich glaube, das wusste er auch genau. So, das war´s. Mehr gibt es nicht dazu zu sagen.«

Nicola hatte vermutet, dass es nicht leicht sein würde, aber einen solchen Ausbruch hatte sie nicht erwartet. Und das Schlimme dabei: Dem gab es auch kaum was hinzuzufügen. Zum wiederholten Male ergaben die Befragungen Antworten gleichen Inhalts und ihre persönliche Einschätzung festigte sich.

Das Motiv liegt woanders. Liegt vermutlich in der Geldgier, die schon des Öfteren angeklungen war.

Sie wog noch einen Moment ab und entschloss sich, hier abzubrechen. Es war sinnlos, zu erwarten, an Neuigkeiten zu gelangen.

Sonja berichtete später von einem ähnlichen Verlauf.

Auch Dominiques Äußerungen lieferten nichts Neues. Sie deckten sich mit Lauras Aussagen und später herrschte weitestgehend Übereinstimmung, dass Siegfrieds Anschuldigungen wohl mehr zu seiner eigenen Entlastung beitragen sollten.

Dann blieb als Motiv vorerst nur das undurchsichtige Geschäftsfeld Wittkoffs, resümierte der Hauptkommissar.

Und diesbezüglich eine Menge Fragen, die sehr schwer zu klären sein werden.

Tackerts Wohlfühlskala sackte deutlich ab.

***

Er machte heute früh Feierabend. Elisa und er hatten sich bei den Nachbarn zum Babygucken angemeldet. Er freute sich da richtig drauf, hatte er doch noch genau vor Augen, wie er damals bei Amelie von tiefen, wärmenden Gefühlen erfasst wurde.

»Wasch dir die Finger, Richard. Nicht das du der Kleinen gleich in ihren ersten Lebenstagen die Seuche anschleppst.«

»Mach ich«, sagte der Hauptkommissar. »Hast du das Geschenk? Was hast du überhaupt gekauft?«

»Eine süße Schlenkermaus und einen Strampler. Und damit Amelie nicht leer ausgeht, habe ich noch ein kleines Kätzchen für sie gekauft.«

»Ein Echtes?«, fragte er erschrocken.

»Witzig.«

Tackert gefiel Elisas Einkauf. »Großartig, die Maus. Erinnert mich irgendwie an Speedy Gonzalez.«

»Kein Wunder. Das ist ja auch ´ne Maus.«

»Das ist nicht auch ´ne Maus. Das ist die schnellste Maus von Mexiko.«

»Ja ja. Mach dich lieber fertig. Wir sollten pünktlich sein.«

Zu den Nachbarn waren es nur ein paar Schritte und bevor sie klingeln konnten, wurde ihnen bereits die Tür geöffnet.

Die Mutter begrüßte sie herzlich, neben ihr zappelte die kleine Amelie.

»Ist das für mich?«, strahlte sie erwartungsvoll und beäugte die beiden Päckchen.

»Du darfst das Baby nur angucken«, fuhr sie fort, »und musst ganz leise sein. Manchmal weint es, weil es Bauchweh hat. Oder weil die Windeln voll sind. Dann musst du

Bescheid sagen. Die Mama macht dann eine Neue.« Das Ganze kam schwer verständlich aus dem kleinen Mund aber Tackert und Elisa gelang es, ihr inhaltlich zu folgen.

Stolz, wie es eine große Schwester nur sein kann, schob sie die beiden in das Zimmer, wo das kleine Häufchen menschlicher Masse friedlich vor sich hin schlummerte.

Amelie verfolgte dabei jede Bewegung der beiden und achtete voller Aufmerksamkeit darauf, dass keiner dem Baby zu nah kam. Jederzeit bereit, einzugreifen, wenn nötig.

»Ihre Beschützerinstinkte spielen im Moment verrückt«, erklärte die Nachbarin. »Noch.«

Tackert nickte zustimmend und wollte gern etwas erwidern, aber ihm fiel nichts ein.

»Jetzt muss das Baby schlafen«, ordnete Amelie unerwartet an und schob Elisa und Tackert entschlossen wieder aus dem Zimmer.

»Amelie«, ermahnte die Mutter.

»Schon gut«, lächelte Elisa. »Die Audienz ist beendet. Wir durften es ja kurz anschauen und außerdem werden wir uns ja öfter sehen. Habt ihr schon einen Namen?«

»Alina«, antwortete die Mutter.

Sie wechselten noch ein paar Worte und verabschiedeten sich.

»Zu dumm, dass man so gar keine Erinnerung abspeichert, was den Geburtsvorgang und die ersten Lebensmonate betrifft«, sinnierte Tackert, »oder weißt du noch, wie du deine ersten Tage verlebt hast?«

»Bei mir ist aus den ersten fünf Jahren kaum was präsent«, bedauerte Elisa. »Ich habe so gut wie keine Erinnerungen an die Zeit. Eigentlich schade.«

»Ja. Mich würde auch interessieren, was ich dachte, als ich die ersten vier Schritte ohne Sturz hinter mir hatte. Oder den ersten Ball sauber ins untere, linke Eck platziert habe.«

»Wahrscheinlich hast du gedacht, du wirst der neue Uwe Seeler.«

»Der neue Messi.«

»Oder Ronaldo.«

»Ja, oder Pelé.«

»Wer?«

»Pelé. Einer der größten Fußballer, die jemals das runde Leder über den Rasen schoben. Brasilianisches Dribbelwunder, beidfüßig, mit der Schnelligkeit und Eleganz einer Wildkatze.«

»Na gut. Noch ein Schluck Wein?«

»Unbedingt.«

20

Der Besitzer des roten Pick-up war schnell gefunden. Ein Braunschweiger Immobilienmakler mit Wohnsitz in einem kleinen Vorort, außerhalb der Stadtgrenze.

Das Telefonat war aufschlussreich.

Ähnlich wie im Fall Krause bestanden Zweifel an der Richtigkeit der Eintragungen im Pferdepass. Die Angaben zum Mutterstamm der Stute wiesen Unregelmäßigkeiten auf. Und Eileen hatte, trotz entsprechender Vereinbarung, die Stute ohne Mikrochip ausgeliefert, der fälschungssichere Angaben enthält und erst nach genauester Prüfung aller Nachweise eingesetzt wird.

Bis zum ersten Januar 2019 war anstelle des Mikrochips noch der Schenkelbrand weitverbreitet, der die Herkunft des Tieres dokumentieren sollte. Aber laut Tierschutzgesetz wurde diese, für das Tier schmerzhafte Variante, untersagt, da kein zuverlässiges Betäubungsmittel auf dem Markt war. Seitdem werden alle relevanten Daten auf einem Chip vermerkt und dieser dem Tier eingesetzt.

Und somit, so sieht es der Immobilienmakler, sind die Eintragungen zum Mutterstamm zweifelhaft. Entsprechend ist natürlich auch der Kaufpreis in Frage zu stellen.

Mit seinem Besuch vor zwei Tagen wollte er den sofortigen Einsatz des Mikrochips erreichen, anderenfalls eine Rücknahme der Stute fordern.

Aber Frau Wittkoff zeigte wenig Interesse an einer Einigung und verwies auf ihre Tochter, die nach dem Tod ihres Mannes alles Geschäftliche regeln wird. Die aber war den ganzen Tag außer Haus und jetzt wartet er auf eine telefonische Stellungnahme Eileens, aber bisher ist kein Anruf erfolgt.

Als der Hauptkommissar das Gespräch beendet hatte, war er nur zu einem kleinen Teil verwundert. Die ständig neu auftretenden Vorwürfe irritierten ihn nicht mehr, egal wie wahrheitsgemäß sie auch sein mögen. Im Zuchtbetrieb der Wittkoffs läuft irgendetwas gewaltig schief und so allmählich meldete sich eine innere Stimme, die sagte, dass er endlich den Druck erhöhen muss.

Aber ohne eine Anordnung von offizieller Stelle würde man ihm keine Einsicht in die Geschäftsunterlagen gewähren. Und ob ein ausreichender Anfangsverdacht vorliegt, bleibt bei dem Ermittlungsstand zu bezweifeln.

Und immer wieder Eileen.

Was treibt sie da? Ihr muss doch klar sein, dass sie so alles ruinieren wird.

Waren ihr das Gestüt, die Pferde, die Zucht so egal?

Wollte sie alles zu Geld machen? Ähnlich wie Henning, der ja wohl ein gleiches Ziel verfolgte?

Ihm fiel auf, dass das Gespräch mit Henning immer noch ausstand.

Das musste nachgeholt werden. So schnell wie möglich.

Ein Anruf, und ihm wurde mitgeteilt, dass Henning Strauch erreichbar war.

Eileens Verlobter begrüßte ihn mit einer Kälte, die er

in dieser Form lange nicht mehr erlebt hatte. Seine Körperhaltung zeugte von Ablehnung und Gleichgültigkeit.

»Was gibt es Dringendes?«, maulte er demonstrativ. »Wenn es wegen dem Alten ist, kann ich sowieso nichts dazu sagen.«

»Um Herrn Wittkoff geht es nur am Rande. In erster Linie geht es um Sie«, entgegnete Tackert in ungewohnter Schärfe. »Mich würde interessieren, welche Aufgaben Ihnen hier auf dem Hof zufallen. Außer der Tatsache natürlich, dass Sie der Verlobte von Eileen sind.«

Der Hauptkommissar hatte sich sofort für Provokation entschieden. Alles andere wäre Zeitverschwendung.

»Verstehe ich nicht«, wich der Mann aus.

»Ich weiß zwar nicht, was es da nicht zu verstehen gibt, aber dann noch mal: Arbeiten Sie hier mit? Und wenn ja, was?«

Henning Strauch sagte nichts und es sah so aus, als wollte er auch in Kürze keine Antwort geben. Desinteressiert schaute er über den Hof, als suche er etwas.

Tackert glaubte, seine provokante Eröffnung sollte auf diese Weise wohl erwidert werden.

Er wartete.

Endlich zuckte Strauch mit den Schultern. »Dies und das eben. Was anfällt.«

»Und was fällt an?« Tackert war nicht sicher, wie lange er sich das bieten lassen würde.

»Dies und das.«

»Also Arbeiten, für die es keine besonderen Kenntnisse braucht. Kommen Sie damit klar? Immerhin ist Ihre

Verlobte eine der Stützen des Betriebs. Wie war denn Ihr Verhältnis zu Herrn Wittkoff? Der wäre doch sicherlich über ein fachlich qualifiziertes Familienmitglied erfreuter gewesen? Hat er Sie das spüren lassen?«

Wieder eine Pause.

»Ich weiß nicht, was ihn erfreute und was nicht. Und ehrlich gesagt ist mir das auch egal. Mir geht es um Eileen, die anderen interessieren mich nicht … und ich interessiere *sie* nicht.«

»Das hört sich nach Problemen an. Keine guten Voraussetzungen, um gemeinsam unter einem Dach zu leben. Wie groß sind denn die Probleme?«

»Was für Probleme? Es gibt keine.«

In Tackert machte sich die Befürchtung breit, wie wertlos das hier werden könnte. Die Unterredung würde, aller Voraussicht nach, zu nichts führen aber aufgeben wollte er auch nicht. Wenigstens noch ein bisschen piesacken.

»Na ja. Eine Familie, in der alle von und für die Zucht von Hannoveranern leben und einer unter ihnen, der absolut keine Ahnung hat, das stelle ich mir schon problematisch vor. Da steht man doch gewaltig im Abseits.«

»Wer sagt, dass ich keine Ahnung habe?«

»Sie selbst. Wenn in einem solchen Betrieb jemandem nur dies und das Aufgaben zufallen, dem wird es an Qualifikation fehlen. Ansonsten wären es vergeudete Ressourcen.«

»Mir egal.«

»Ihnen ist alles egal, nicht? Was hält Sie dann hier? Die Aussicht auf eine wirtschaftlich sorgenfreie Zukunft?«

Wieder Schweigen. Schweigen und Teilnahmslosigkeit.

»Sie glauben, dass hier Geld vorhanden ist? Wenn Sie sich da mal nicht täuschen. Das einzig wertvolle sind die Ländereien. Ansonsten ist das hier nicht verlockend.«

»Spielt das eine Rolle? Das Land lässt sich bestimmt ohne Probleme zu Geld machen.«

»Da macht die Alte nicht mit.«

»Genauso wenig, wie Herr Wittkoff mitgemacht hätte, oder? Musste er deswegen sterben? Um hier alles zu verscheuern?«

»Keine Ahnung.«

»Was sagt denn Eileen zu Ihrem Vorhaben, das alles zu Geld zu machen?«

»Hä? Was? Was für ein Vorhaben? Wie kommen Sie auf den Blödsinn?«

»War das nicht Ihr Kommentar, als es darum ging, Weideland zu opfern und als Bauland zu veräußern?«

»Was? Was soll ich ...? Was behaupten Sie da? Wenn Sie mir sowas unterstellen, beweisen Sie das mal.«

Er hat tatsächlich den Eintrag in den Foren verfasst, war der Kommissar sicher.

Und hatte somit auch ein Motiv ... auch, wenn das bedeuten würde, dass Marlene noch im Weg steht.

War sie in Gefahr?

Und wie standen Till, Nele und vor allem Eileen dazu?

Ohne die üblichen Höflichkeitsfloskeln beendete er die Unterredung.

Wie gelang es diesem Unsympathen, auf dem Hof wenigstens geduldet zu werden? Unverständlich.

Er machte kehrt und schlich am Stall entlang und, mag es das Wiehern eines Pferdes gewesen sein oder was auch immer: Plötzlich musste er an Rosie denken.

Rosie, eines der heißblütigsten Pferde an Dänemarks Küsten.

Pfeilschnell und gutmütig. Und erfahren.

Während eines Urlaubs hatte er vor Jahren einen Touristenausritt gebucht.

Dünen, Strand, Wind.

Ein Abenteuer, auch für Unerfahrene.

Warum ausgerechnet *ihm* Rosie zugeteilt wurde, blieb ungeklärt. Aber sie waren zweifellos ein Dreamteam. Rosie und er.

Als es dann losging und Rosie auch endlich losging, mit etwa 2 km/h, war der Rest der Gruppe schon nach kurzer Zeit außer Sichtweite. Aber Rosie ließ sich von der Hektik nicht anstecken und trottete wie ferngesteuert durch die Dünen. Dabei schaukelte sie wie ein leckgeschlagener Kahn, hielt ohne Aufforderung hin und wieder einfach mal an, um zu verschnaufen, und erreichte schließlich den Strand.

Tackert auch. Und ... er saß immer noch mehr oder weniger fest im Sattel.

Die Vorreiterin lächelte wissend, als sie sich der Gruppe wieder anschlossen. Rosie schnüffelte zufrieden die frische Meeresbrise und der Kommissar war voller Erwartung, als er die Anderen im Galopp an der Wasserkante dahin rasen sah.

Ja, das Glück der Erde liegt auf dem Rücken der Pferde. Wie wahr.

Von hier oben machte die Welt einen entschleunigten Eindruck. Erst recht, wenn man mit Rosie auf Tour war.

Während sich fast die ganze Gruppe am Wasser austobte, war Rosie zu keinen weiteren Aktivitäten zu bewegen. Mal ein Schritt nach vorne, mal zur Seite aber ansonsten wartete sie scheinbar auf das Einlaufen der Queen Mary.

Auf dem Rückweg sortierte sie sich aber geschickterweise inmitten der Gruppe ein und so kamen sie, beide unversehrt, nicht als Letzte an.

Und so musste Tackert die restlichen Urlaubstage nicht damit verbringen, auf die Queen Mary zu warten.

Ja, die Rosie.

Eine großartige Freundin.

Und – wie gesagt – gutmütig und erfahren.

Und wunderschön war es trotzdem.

21

Endlich.

Nach tagelangen Misserfolgen gab es einen neuen Anhaltspunkt, der Pankowiak wieder in den Fokus schob.

Sie hatten einen Stammkunden auftreiben können, der an Wittkoffs Todestag gegen 19.15 Uhr einen Gewinn abholen wollte und vor verschlossener Tür stand. Da auch der reservierte Parkplatz in Ladennähe leer stand, ging er davon aus, dass der Buchmacher an diesem Abend früher schließen musste oder wollte.

Demnach war seine Aussage, bis 20.00 Uhr im Laden anwesend gewesen zu sein, hinfällig.

Dazu kam die inzwischen enger gesteckte Zeitangabe des Rechtsmediziners, die besagte, dass der Tod zwischen 19.30 Uhr und 20.30 Uhr eingetreten sein muss.

Tackert und Sven machten sich auf den Weg.

»Wie lange braucht man von Wettbergen bis nach Isernhagen? Über die Schnellwege, um diese Zeit, kaum länger als zwanzig, fünfundzwanzig Minuten, oder?«, schätzte Sven. »Und auch, wenn außer dem Handwerker scheinbar niemand einen Schuss gehört haben will, ist das Wäldchen ein nach wie vor idealer Tatort. Ist doch möglich, dass sie sich dort treffen wollten, warum auch immer. Wittkoff hatte seine Waffe dabei oder Pankowiak hatte eine eigene … und was auch passierte, ein Handgemenge oder so, Pankowiak kam an die Waffe und … zack.

Vielleicht sollten wir seinen Wagen auch mal kriminaltechnisch untersuchen lassen?«

»Meinst du nicht, dass dann die Kollegen etwas hätten finden müssen?« Tackert war skeptisch.

»Nicht unbedingt.« Sven musste unerwartet stark abbremsen und fluchte leise vor sich hin. »Idiot. – Vielleicht hatte er ausreichend Zeit und die Ruhe weg, um alle Spuren geschickt zu verdecken. Und Wittkoffs Wagen in Kananohe abzustellen, dauert auch nicht lange, nachts. Warum er aber die Leiche danach noch mal bewegt hat, weiß ich auch nicht.«

»Das ist sowieso eine Schlüsselfrage. Warum wurde der Leichnam nicht einfach am Tatort gelassen? Ich bin überzeugt, dass der Tatort einen entscheidenden Hinweis auf den Täter liefert. Und dann würde dein Wäldchen sich als bedeutungslos zu erkennen gegeben. – Gehen wir mal davon aus, dass der Handwerker wirklich einen Schuss gehört hat und keinen Knall, vielleicht den eines Auspuffs, dann muss er nicht unbedingt aus dem Wald bekommen sein. Der Schall spielt einem manchmal einen gewaltigen Streich und wird von so vielen Faktoren beeinflusst. Da kann man Entfernung und Richtung schon mal schnell falsch einschätzen. Ich bin kein Akustiker, aber ich weiß, dass Bäume, also Holz und auch die Luftfeuchtigkeit, die Temperatur den Schall beeinflussen. Und so ein Wald wird vielleicht einiges verändern und das menschliche Gehör täuschen. Soll also heißen: Gut denkbar, dass der Schuss wo ganz anders ausgelöst wurde. Die Frage ist nur, wo?«

Weiter kamen sie in ihren Überlegungen nicht, weil sie

das Ziel erreicht hatten.

Pankowiak zeigte keine Reaktion, als sie das Wettbüro betraten, dass dieses mal gut gefüllt war. Tackert glaubte zu erkennen, dass sich Menschen aller sozialen Schichten hier aufhielten und zum Teil eifrig miteinander fachsimpelten.

»Wir haben ein Problem, Herr Pankowiak«, machte es der Kommissar spannend. »Laut Ihrer Aussage waren Sie an besagten Abend bis 20.00 Uhr hier im Laden, aber das kann nicht stimmen. Um 19.15 Uhr waren Sie definitiv nicht mehr hier anzutreffen, wie sich inzwischen herausgestellt hat, auch ihr Wagen befand sich nicht mehr auf Ihrem Parkplatz. Sie haben uns also angelogen. Wo also, waren Sie?«

Pankowiak schüttelte den Kopf. »Das kann nicht sein. Ich bin bis mindestens 20.00 Uhr hier gewesen und nur, weil der Wagen nicht auf seinem Platz stand, heißt das noch lange nicht, dass ich auch nicht hier war. Woher Sie das auch immer haben, es stimmt nicht. Es kann nicht stimmen.«

»Es gibt einen Kunden, der gegen 19.15 Uhr vor verschlossener Tür stand. Im Inneren war alles dunkel, alle Geräte waren aus.«

»Das kann schon sein. Manchmal habe ich hinten zu tun und schließe ab, vor allem, wenn nichts los ist. Und da kann man von draußen den Eindruck gewinnen, ich wäre nicht da. Und um die Frage auch gleich zu beantworten. Der Wagen stand in der nächsten Querstraße, weil mal wieder jemand auf meinen Parkplatz stand. Das können Sie gerne nachprüfen. Ich habe nämlich ihre

Kollegen gerufen, um ihn abschleppen zu lassen.«

»Lässt sich durch irgendetwas belegen, dass Sie sich zwischen 19.00 und 20.00 Uhr hier aufgehalten haben? Waren Sie vielleicht an einem Rechner?«

Der Buchmacher gab sich weiterhin selbstsicher und zeigte keinerlei Nervosität.

»Ich glaube nicht. Ich habe Kasse gemacht, danach noch schnell ein paar Dinge weggeräumt und dann bin ich nach Hause gefahren. Mit den Öffis.«

»Also kein Alibi.«

»Wenn Sie so wollen, nein.«

»Darf ich mal einen Blick in Ihr Fahrzeug werfen?«

»Machen Sie das. Der Wagen steht vor der Tür auf einem öffentlichen Platz. Da kann sich jeder, der will, den Wagen anschauen. Aufsperren werde ich ihn aber nicht. Oder gibt es einen Beschluss?«

Tackert und Sven waren frustriert. An den Typ war kein Rankommen, und alles drehte sich nur im Kreis.

Mehr aus Trotz umrundeten sie sein Auto ein paar Mal, konnten aber nichts Auffälliges entdecken.

»Es ist zum Kotzen«, schimpfte Sven. »Ich traue ihm allemal alles zu, aber ohne wenigstens den kleinsten Hinweis werden wir keinen Schritt weiterkommen. Von wegen Kasse gemacht und aufgeräumt. Unterwegs war er, vielleicht sogar Richtung Isernhagen. Hoffentlich haben die Techniker nichts übersehen, als sie den Range Rover untersucht haben.«

»Weil seine DNA nicht gefunden wurde? Das hat erst mal gar nichts zu bedeuten. Von Laura wissen wir, dass sie vor zwei Wochen im Wagen saß. Aber ihre DNA war trotzdem nicht nachweisbar.«

»Ja, ich weiß. Ich suche ja auch nur nach dem Strohhalm, an den man sich klammern kann.«

Als Sven auf den Schnellweg zusteuerte, der sie zurück in die Innenstadt bringen sollte, fasste Tackert einen Entschluss.

»Fahr mal zum Reiterverband. Ich will mit der Niemeyer nochmal reden. Ich will wissen, wie man die Aussage Siegfrieds beurteilen soll.«

Als die beiden das Büro der Vorsitzenden des Fachausschusses für Therapeutisches Reiten betraten, schien sie keineswegs überrascht. Gerade so, als warte sie seit Stunden auf das Eintreffen der Ermittler, begrüßte sie sie wie alte Bekannte.

»Ich habe schon mit Ihrem Besuch gerechnet«, sagte sie schwungvoll. »Und es ist bitternötig, etwas richtigzustellen. Auch wenn ich Einzelheiten nicht kenne, erzählt man sich doch, dass der Siegfried den verstorbenen Wittkoff als Sexmonster hingestellt haben soll. Ob da was dran ist, lassen wir mal dahingestellt. Das kann ich auch nicht beurteilen. Was ich aber beurteilen kann, ist, dass es ihm offensichtlich geglückt ist, seine eigenen Vergehen unter den Teppich zu kehren, und das haut gar nicht hin. Ich will Ihnen mal was sagen: In den letzten Jahren gab es mehrfach Anschuldigungen, mal offen ausgetragen, mal hinter vorgehaltener Hand. Aber immer mit dem Vorwurf, in Turnierverläufe einzugreifen. Veranstalter, Sportler oder Reitstallbesitzer unter Druck zu setzen. Dabei soll er sich aber so geschickt anstellen, dass Beschwerden wenig Aussicht auf Erfolg hatten. - Und dann haben wir Herrn

Wittkoff. Auch behaftet mit dem Verdacht, Manipulationen nicht abgeneigt zu sein. Und jetzt zählen Sie mal eins und eins zusammen. – Es wird höchste Zeit, dass dem Siegfried mal die Grenzen aufgezeigt werden. Der bringt noch den gesamten Verband in Misskredit.«

Tackert und Sven saßen sprachlos da, auch, weil sie nicht einschätzen konnten, ob der Monolog gleich fortgesetzt werden soll.

»Lässt sich irgendetwas davon beweisen«, fragte Sven schließlich. »Worauf beruhen diese ganzen Verdächtigungen? Gibt es einen Veranstalter oder irgendjemanden, der was Handfestes vorlegen kann? Was ich auch nicht begreife: Wie kann ein Verband, dessen Aufgaben ja eigentlich ganz anders gelagert sind, derartigen Einfluss bei Sportereignissen erwirken?«

»Das weiß ich auch nicht genau. Sie haben aber recht, der Verband sollte eigentlich andere Ziele verfolgen. - Ich kann Ihnen aber die Adresse einer Dressurreiterin geben, die Ihnen Näheres erzählen kann. Von ihr kann ich sagen, dass sie im letzen Jahr während eines Turniers von einem Richter auffallend schlecht beurteilte wurde. Nachher stellte sich heraus, dass der Mann geschmiert wurde und neben dem Namen eines Konkurrenten fiel auch der Name Siegfried, der seine Finger im Spiel gehabt haben soll.«

»Gehabt haben soll...«, wiederholte Sven.

»Ja. Wie gesagt, Genaues weiß ich nicht. Ich möchte Sie ja nur vor Falschinformationen schützen. Letzten Endes müssen *Sie* beurteilen, was Sie unternehmen wollen. Ich biete ja nichts weiter als meine Hilfe an.«

Und genau das war der Punkt, der Tackert und Sven stutzig machten. Alles hörte sich nicht nach Hilfe an, sondern nach übler Nachrede.

Später diskutierten sie noch eine Weile und kamen überein, Frau Niemeyer nicht zu ernst zu nehmen.

Hätte, könnte, wäre war zu dünn, um sich zu investieren.

Tackert schloss die Augen, saß wie schlafend am Schreibtisch, und war auf der Suche nach einem Weg, Pankowiak herauszufordern, ihn zu überlisten.

Ein mögliches Szenario hatte er vor Augen, aber eben nur ein Szenario, durch nichts und gar nichts zu belegen.

Von dem Buchmacher und dem alten Wittkoff glaubte er, dass eine ausgeprägte Geldgier vorhanden war. Das konnte die Zwei zusammenschweißen, oder aber dafür sorgen, dass Feindschaften entstehen.

Und plötzlich kam beim Stichwort Geldgier wieder Eileen ins Spiel, die allem Anschein nach, ebenso wie ihr Vater, der Kohle hinterherjagte. Ähnliches traf wohl auch auf Henning zu.

Tackert merkte, dass ihn all diese Gedanken nicht zum ersten Mal blockierten.

Er schnappte sich alles vorhandene Material und begann von vorne. Aber schon nach kurzer Zeit spürte er, dass ihm die Konzentration für heute abhandengekommen war.

Zwecklos, etwas erzwingen zu wollen.

Deprimiert machte er Schluss für heute.

22

Tackert musste sich eingestehen, dass Jasper Hanebuth weiterhin in seinem Kopf herumspukte.

Immerhin bestand eine fünfzig prozentige Chance, dass dem Toten das Glöckchen gewollt in die Jackentasche gesteckt wurde. Und, obwohl sein Hirn ihm sagte, dass er diese Fährte aufgeben sollte, konnte er sich nicht lösen, um die Theorie ein für alle Mal zu begraben.

Er wusste, dass die Ursache in der kaum vorhandenen Spurenlage zu finden war. Wären wenigstens genügend Verdachtsmomente vorhanden, um sich auf eine Person einzuschießen. Aber dem war definitiv nicht so.

Genervt, von dem Song, der gerade lief, stellte er das Autoradio aus. Zum x-ten Mal den gleichen Song eines der neuen Pop-Sternchen war unerträglich. Unbegreiflich, wie der narzisstische Affe es zu so vielen begeisterten Hörern bringen konnte.

Seine Wohlfühlskala sank auf null.

Als er endlich zuhause ankam, war widererwarten Elisa nicht da. Nur ein Zettel auf dem Küchentisch.

>Bin bei meiner Mutter. Kuss E.<

Auch das noch.

Um allen narzisstischen Affen etwas entgegenzusetzen, schnappte er sich eine CD. *Pascow*, ehrlicher, handgemachter Punk, schien ihm angebracht, die bösen Geister zu vertreiben. Der Song *Silberblick und Scheren-*

hände sollte reichen, um den Punkteverlust ein wenig auszugleichen.

Laut muss es sein.

So laut, dass die morschen Knochen beim Tanzen keinen Akkord zerstören. Das wilde Rumzappeln der Arme und Beine, um alles Dunkle zu verscheuchen, und in die ewige Verdammnis zu verjagen, war dabei natürlich oberstes Gebot.

Drei Minuten auspowern würden reichen.

Als die letzten Töne zusammenfielen, fühlte er sich gleich deutlich besser.

Nur die Knie schmerzten.

»Was soll das werden, Richard?«, hörte er plötzlich Elisas Stimme im Nacken. »Arbeitest du an einer Choreografie für die Stripshow?« Dabei grinste sie wie eine RTL-Moderatorin, die gerade den Auftritt der *Chippendales* ankündigt.

»Nicht ganz. Wie der Tanz heißt, weiß ich nicht. Die alten Ägypter haben ihn schon zelebriert, um dem Nil zu huldigen. Und wie uns die Geschichte lehrt, hatten deren Tänze eine solche Kraft, dass noch heute die Auswirkungen deutlich spürbar sind.. Dem Fluss haben sie heute immer noch viel zu verdanken. Also darf man ruhig behaupten, ein solcher Tanz birgt eine geheimnisvolle Magie.«

»Die dann auch zum Bau der Pyramiden eingesetzt wurde …«

»Ach was. Die Pyramiden wurden von Außerirdischen erbaut, wie jedes Kind weiß. Wissenschaftler rätseln seit Jahrhunderten, Mathematiker stellen verrückte Berechnungen an ... alles Humbug. Vor viereinhalb Tausend Jahren kamen ein paar Figuren aus dem Sternbild Haar der Benerike vorbei, denen langweilig war. Ist ja auch verständlich, nach einer Reise von 30 Milliarden Lichtjahren. Hatten aber die neueste Alpha-Centauri-Technik dabei. Ein kurzer Zwischenstopp auf der Erde und schwupps, waren die paar Steine aufgetürmt. Und weg waren sie.«

»Und weg waren sie ...?«

»Ja. Was sollten sie hier auch noch? McDonalds gab´s noch nicht und Bibel-TV auch nicht.«

»Ja, hört sich logisch an«, wollte Elisa ihn die krude Erklärung nicht vermiesen. »Aber um auf deinen Tanz zurückzukommen. Ich muss schon sagen, alle Achtung. Wie dabei dein Körper nicht in alle Bestandteile zerfällt, imponiert mir. Ehrlich. Und dazu dieser starke Ausdruck in den Bewegungen. Jede Pein, jeder Schmerz geht auf den Betrachter über. Sehr beeindruckend.«

»Ja, nicht? Schade, dass ich nicht dreißig Jahre jünger bin. Dann könnte man dem Tanz noch viel mehr Dynamik verleihen.«

»Noch mehr?«

»Ja, ich weiß. Kaum vorstellbar, dass das überhaupt möglich ist.«

»Du spinnst, Richard. – Ich soll dich von meiner Mutter grüßen und dir sagen, dass der Kassettenrekorder schweigt. Hoffentlich bleibt´s so.«

»Ich glaube schon. Da wird nichts mehr kommen.«

Was hoffentlich nicht auch auf unseren Fall zutrifft, kam ihm der Gedanke.

Draußen gab es einen Wetterumschwung und schwere

Sturmböen kündigten sich an.

Aber Tackert ließ sich davon nicht beeindrucken und hielt jeden der zurückeroberten Wohlfühlpunkte fest umklammert.

23

Tackert wusste, dass die Erfolgsaussichten gering waren, entschloss sich aber trotzdem, die Verkehrsüberwachung in Wettbergen durchkämmen zu lassen, in der Hoffnung, Pankowiaks Wagen ausfindig zu machen. Die Möglichkeiten, das Wettbüro zu verlassen, ohne in den verkehrsüberwachten Bereich zu geraten, waren zu zahlreich. Trotzdem war es den Versuch wert.

Der nächste Punkt auf seiner Liste war ein Gespräch mit dem Chef.

Rüdiger Wittkoffs Geschäftsunterlagen einzusehen, würde eventuell Klarheiten schaffen. Würde vielleicht auch dazu beitragen, die Familie neu zu bewerten, Eileen oder Till abzuschreiben oder aber Verdachtsmomente zu erhärten.

Zu wissen, was Eileen da treibt, war wichtig.

Die sich wiederholenden Vorwürfe führten dazu, dass Tackert sich ausmalen konnte, zu welchen Konsequenzen das auch innerhalb der Familie führen könnte. Und dann gab´s da ja auch noch Henning.

Tackert stand auf, um ein Fenster zu öffnen.

Auf der Straße waren einige orangegekleidete Leute dabei, ohne erkennbare Eile die, Gott sei Dank nur geringen Sturmschäden der vergangenen Nacht, zu beseitigen.

Genau wie der Täter, dachte er. Ohne erkennbare Eile alles beseitigt und später wies nichts mehr darauf hin.

Der Schuss, verdammt. Woher kam er? Aus dem Wäldchen, oder nicht doch aus einer ganz anderen Ecke?

Anstelle Google Maps zurate zu ziehen, schnappte er sich die Jacke.

Solche Fragen an Ort und Stelle zu klären, war immer hilfreicher. Keine Satellitenansicht war so aussagekräftig wie das eigene Auge.

Und selbst die Alpha-Centauri-Technik war nicht imstande, das Wichtigste dabei zu ersetzen: Die eigene Fantasie.

Keine halbe Stunde später stand er vor dem Haus des Handwerkers. Schräg links gegenüber befand sich das kleine Waldgebiet. Weiter stadtauswärts schloss sich ein Maisfeld an, das bis an die nächste Siedlung reichte. Auf der anderen Seite des Wäldchens gab es einen Kartoffelacker. Groß. Sehr groß. An dessen Ende schirmten dichtgestaffelte Sträucher und Bäume die dahinterliegende Weide ab, von der er wusste, dass auch diese Grundfläche außergewöhnlich war. Tja, und dahinter kommt schon die Pferdekoppel und das Gestüt. In 1,5 bis 2 Kilometer Entfernung.

Zu weit, um den Schall bis hierher zu tragen?

Er wagte keine abschließende Einschätzung.

Was dagegen sprach, war, dass niemand vom Gestüt oder aus der Nachbarschaft den Schuss gehört hatte.

Obwohl es sich um reine Spekulation handelte, glaubte er aber, dass die Weide und vielleicht auch der hinten liegende Teil des Kartoffelackers in Frage kämen. Aber ließ sich der erneute Einsatz einer Hundertschaft so rechtfertigen? Nach mehreren Tagen?

Was war dort noch zu finden, wenn überhaupt? Nach einer stürmischen Nacht.

Das musste er sich noch in Ruhe durch den Kopf gehen lassen.

Er machte sich auf den Weg, um das betreffende Gebiet abzuschreiten. Vielleicht brachte eine Nahbegehung ja neue Aspekte.

Der Hauptkommissar staunte dann nicht schlecht, als er den an der Weide entlangführenden Trampelpfad zur Hälfte hinter sich gebracht hatte.

Weide und Pferdekoppel waren ein Grundstück und nur durch eine natürlich gewachsene Hecke voneinander getrennt, was von der Straße aus nicht zu erkennen war. Dann reichte also Wittkoffs Besitz bis an den Acker, und das eröffnete die Möglichkeit, dass der Schuss doch auf dem Gestütsgelände abgefeuert wurde.

Zumindest erschien es ihm realistisch.

Und in diesem Zusammenhang zu erfahren, ob die kleine Alexandra sich auch so weit entfernen durfte, wurde plötzlich von Bedeutung.

Also nahm er die letzten Meter in Angriff und marschierte Richtung Gestüt.

Dort angekommen, sah er als erstes den bekannten roten Pick-up.

Am Stall gab es eine richtige Versammlung. Eileen, Till, die Mutter, Dominique und der Braunschweiger standen beieinander und redeten, dem Anschein nach, aufeinander ein.

Beim Näherkommen hörte Tackert, dass der Grund, wie erwartet, der fehlende Transponder war.

»Dann müssen Sie vernünftig zuhören, dann passiert sowas nicht«, wetterte Eileen. »Es war nie die Rede davon, dass wir dafür sorgen, Charline den Chip einzusetzen. Ich habe lediglich gesagt, es wäre kein Problem. Von einer Durchführung kein Wort.«

»Hören Sie mal. Selbst, wenn ich was missverstanden haben sollte, was ich nicht glaube. Es sollte doch wohl selbstverständlich sein, einen Verkauf in den allgemein gültigen Gepflogenheiten zu tätigen. Und der Stammbaumnachweis gehört ja wohl dazu. Erst recht in diesen Preiskategorien.«

Die Mutter schaltete sich ein.

»So kommen wir doch nicht weiter. Ich schlage vor, dass wir beglaubigte Dokumente nachreichen und Sie auf unsere Kosten den Transponder einsetzen lassen und dann sollte die Angelegenheit erledigt sein. Wären Sie damit einverstanden?«

Eileen wollte etwas sagen, aber Till kam ihr zuvor.

»Ich glaube, der Vorschlag meiner Mutter ist der einzig mögliche Weg, dieses bedauerliche Missverständnis zur Zufriedenheit aller aus dem Weg zu räumen.«

Der Käufer stimmte zu und die Versammlung löste sich auf.

Tackert fragte sich, ob sein unerwartetes Auftauchen Einfluss genommen hatte, dass dann doch plötzlich so schnell das Angebot seitens der Mutter kam und dadurch jede weitere Diskussion erstarb.

Er beeilte sich, Till anzusprechen, bevor er irgendwohin verschwinden konnte, und erfuhr von ihm, dass die kleine Alexandra durchaus auch mal jemanden auf die

Koppel begleitete. Nur alleine durfte sie nicht dahin. Alleine war alles außerhalb des Gestüts tabu. Und das klappte auch gut.

Dann muss das Gelände abgesucht werden, war er sich plötzlich sicher.

Hoffentlich hatten nicht die Pferde eventuell vorhandene Spuren vernichtet.

Als er vom Hof fuhr, tauchten gerade die Kollegen der Spurensicherung auf, um die Fahrzeugflotte der Familie Wittkoff unter die Lupe zu nehmen.

Sein Bauchgefühl sagte ihm, dass die Untersuchungen etwas zu Tage fördern würden. Die Frage war nur, an wessen Fahrzeug?

Zurück im Präsidium wollte Tackert gerade sein Büro betreten, als Jan ihn rief.

»Wir haben ihn, Richard. Wallensteinstraße, 19.23 Uhr. Stadtauswärts.«

»Kein Zweifel?«

»Nein. Der Fahrer ist zwar nicht zu erkennen, das Kennzeichen dafür umso deutlicher.«

Der Hauptkommissar machte auf der Stelle kehrt.

Mal sehen, was Pankowiak ihm jetzt wieder auftischen wird, wenn er ihn damit konfrontiert.

Er war leicht angefressen, als er nach einem enormen Zeitaufwand endlich das Wettbüro erreichte. Drei durch Baustellen verursachte Engpässe, an denen kein Mensch arbeitete, waren nicht zu begreifen.

Als Tackert den Laden betrat, zeigte sich der Buchmacher amüsiert und setzte ein selbstgefälliges Lächeln auf.

»Welch seltener Besuch. Was haben Sie denn heute auf dem Herzen?«

»Heute habe ich etwas ganz Besonderes dabei«, spuckte Tackert ihm entgegen. »Eine gestochen scharfe Aufnahme ihres Fahrzeugs, das passend zur Tatzeit um 19.23 Uhr von der Verkehrsüberwachung auf der Wallensteinstraße aufgenommen wurde. Und damit, Herr Pankowiak, besteht erheblicher Zweifel an der Richtigkeit Ihrer Angaben.«

Pankowiak deutete unverändert seine Belustigung an. »Mein Wagen also. Hm. Dann sollte die gestochen scharfe Aufnahme aber auch dokumentieren, wer am Steuer sitzt? Ich nämlich nicht! Ich war nämlich hier und habe die Kasse gemacht, wie Sie ja wissen.«

Die Antwort überraschte Tackert nicht besonders. Aber die siegessichere Art, wie sie ihm vor die Füße gelegt wurde, schon.

»Wer saß dann am Steuer, wenn nicht Sie?«

Anstelle einer Antwort notierte der Buchmacher etwas auf einen Zettel, den er Tackert reichte.

»Hier, Herr Kommissar. Name und Anschrift einer Bekannten, die bestätigen wird, sich meinen Wagen ausgeliehen zu haben. Und zwar von zirka 19.15 Uhr bis ... na, es wird so 0.30 Uhr gewesen sein.«

Auch jetzt war Tackert nicht überrascht.

Aber er war geknickt.

Weil er in seiner Beurteilung nicht festmachen konnte, ob der Buchmacher die Wahrheit sagte, oder doch lügt.

24

Ohne zählbares Ergebnis löste Tackert am nächsten Vormittag die Besprechung auf. Von keiner Seite kamen neue Impulse, um die Ermittlung zu beschleunigen.

Heute kam nochmal zur Sprache, dass es sich durchaus auch um einen ganz alltäglichen Raubüberfall handeln könnte, aber niemand aus dem Team konnte sich für diese These erwärmen. Alle waren überzeugt, dass das Tatgeschehen eine andere Sprache spricht.

Tackerts Hoffnung, dass sich die Weide oder die Koppel als möglicher Tatort herausstellen könnte, wurde von allen geteilt. Nach Aussage eines Technikers, der ein wenig Wissen in der Akustiklehre besaß, war diese Möglichkeit durchaus gegeben. Topographische und klimatische Voraussetzungen zur Tatzeit unterstrichen dies.

Keinerlei maßgebliche Erkenntnisse zu diesem Zeitpunkt brachte die inzwischen abgeschlossene Untersuchung des Range Rovers. Gleiches traf auch auf Wittkoffs Handy zu, womit niemand gerechnet hatte.

Es blieb festzuhalten, dass der Wissenstand erbärmlich war.

Hilfesuchend klebte sein Blick wieder an den Goldfischen, die sich scheinbar die Zeit mit Faulenzen vertrieben. Nur träge Bewegungen und majestätische Flossenschläge. - Angeber.

Womit haben wir es hier zu tun, verdammt?

Rache? Habgier?

Einem Verrückten, der nach vierhundert Jahren ...?

Einem Mann? Einer Frau? Einem Pärchen?

Oder einer ganzen Familie?

Das Telefon klingelte und im Display erkannte er die Nummer seines Chefs.

Der hatte keine gute Nachricht.

Wie sich herausstellte, war der Zuchtbetrieb auf Marlene Wittkoff angemeldet. Ausschließlich auf sie, und das bereits seit fast dreißig Jahren. Daher wurde die Einsicht der Geschäftsunterlagen von richterlicher Seite abgelehnt.

Tackert atmete tief durch.

Er hatte sich eine andere Entscheidung erhofft.

Und zu guter Letzt bestätigte auch noch Pankowiaks Bekannte dessen Angaben, was allerdings zu erwarten war. Und auch, wenn diese Aussage kein Gewicht hatte, entlastete sie den Buchmacher und das Gegenteil lies sich nicht beweisen.

Es war zum Verrücktwerden.

***

Am späten Nachmittag erschienen Sonja und Nicola mit einer Loseblattsammlung.

»Wir brauchen deine Meinung, Richard. Uns ist etwas aufgefallen, was unter Umständen zu einer Lösung führen könnte. Obwohl das Ganze noch auf rein theoretischen Beinen steht.« Sonja legte die Blätter vor sich auf den

Tisch und schob sie zur besseren Übersicht auseinander. »Wir haben jede einzelne Person auf dem Gestüt nochmal unter die Lupe genommen und jede Kleinigkeit, von der wir wissen, auf die Waagschale gelegt. Dabei ist uns etwas aufgefallen. Dominique und Laura geben ohne Umschweife zu, dass der alte Wittkoff nicht nur Absichten hegte, sondern diese auch durch ... ich nenne es mal ein Betatschen ... zum Ausdruck brachte. Wir sind in allen unseren Befragungen verschiedener Personen nicht auf eine einzige Aussage gestoßen, die diesen Umstand als unwahr oder Hirngespinst abtut. Alle sagten, dass es wohl zumindest den Tatsachen entsprechen *könnte*. Alle, außer Anna. Anna war die Einzige, die angab, dass sie nie von Wittkoff angefasst wurde. Und genau dem widersprechen Dominique und Laura ausdrücklich. Beide bezeugen, dass das nicht stimmt. Im Übrigen klang das bereits bei ihrer allersten Befragung durch, nur wurde das von uns allen nicht ausreichend beachtet, oder besser gesagt: Keiner von uns hat diesem Punkt die nötige Aufmerksamkeit geschenkt. So. Jetzt kann man natürlich denken, dass Annas Angaben seinerzeit nicht der ganzen Wahrheit entsprachen, weil ihre Mutter bei dem Gespräch anwesend war. Deswegen war Nicola gestern nochmal in Isernhagen, mit dem Ziel, Anna alleine zu erwischen. Das Ergebnis: Sie bleibt bei ihrer Behauptung, nie begrabscht worden zu sein. Und jetzt fragen wir uns, warum? Jedermann behauptet das Gegenteil, nur Anna pocht darauf, es sei nie was passiert. Wir haben nach einem Grund gesucht und uns gefragt: Vielleicht hat sie vor ihren Eltern Schiss, vielleicht hat sie Angst davor, den Hof verlassen zu müssen? Beides durchaus denkbar, bei einer Fünfzehnjährigen. Vielleicht gibt es aber auch einen Grund, der viel schwerer wiegt? Du weißt, wovon wir sprechen. Und was auch immer, wir denken, da muss dringend eine vernünftige Befragung stattfinden. Oder siehst du das anders?«

Tackert sagte vorerst nichts und versuchte, sich die Einzelheiten ins Gedächtnis zu rufen. Sein Blick klebte am Aquarium und seine Finger spielten mit dem vor ihm liegenden Stift.

Ausgerechnet Anna?

Dieses schüchterne Mädchen mit der kratzigen Stimme?

Aber Sonja und Nicola hatten recht. Irgendwie war sie hinten runtergefallen und viel zu früh als nicht tatverdächtig klassifiziert, ihre Angaben nie in Frage gestellt worden.

»Okay. Ruft ihre Mutter an und beide sollen morgen um 16.00 Uhr hier erscheinen.«

Tackert hoffte inständig, dass sich Annas Verhalten morgen als harmlos aufklären wird.

Dass es eine plausible, einfache Erklärung geben wird.

25

Am frühen Nachmittag folgte Anna gemeinsam mit ihrer Mutter der Aufforderung und beide erschienen pünktlich im Präsidium.

Tackert dirigierte die Frauen nicht, wie zunächst geplant, in sein Büro, sondern in einen Vernehmungsraum.

Die Mutter machte sofort deutlich, dass ihr jedes Verständnis für die Vorladung fehlte und reagierte in den ersten Minuten gereizt aber auch verstört. Anna dagegen war bemüht, ihre Gefühle nicht nach außen zu tragen, was ihr aber wenig gelang. Tackert genauso wie Sonja, die mit im Raum anwesend war, erkannten die Nervosität.

Eine knappe Stunde verlief das Gespräch ohne nennenswerte Fortschritte, bestand eher aus Nichtigkeiten, was aber von ihm auch so geplant war.

Manchmal war die plötzliche und aus dem Nichts auftretende Konfrontation wirkungsvoller, und, wie in diesem Fall geeigneter, wie er hoffte.

Seine Taktik ging voll auf.

Mit den ersten Indizien, die er auf den Tisch legte, veränderte sich Annas Haltung und jedes Bemühen, wirre Zusammenhänge zu suchen und Falschaussagen zu formulieren, schien sie aufzugeben. Sie verspannte sich nach und nach mehr und es war abzusehen, dass etwas bevorstand.

Als Anna zu erzählen begann, stand für Tackert endgültig fest, dass ihre Mutter von alledem keine Ahnung hatte und heute zu ersten Mal davon erfuhr. Bereits nach wenigen Worten, die ihre Tochter über die Lippen brachte, erstarrte sie.

Anna hatte sich entschlossen, den genauen Werdegang des besagten Abends zu schildern, und der fiel nur zum Teil so aus, wie Tackert glaubte.

Sie gab ab, dass sie gegen 19.30 Uhr zwei Jungpferde auf die Koppel geführt hatte, die sich bekanntermaßen etwas abseits an das Grundstück heftete. Dort beschäftigte sie sich eine Weile mit den Tieren, als sie merkte, dass sie dringend mal pinkeln musste. Den Weg zurück zum Hof wollte sie sich sparen, da sie vorhatte hier noch eine Zeit zu verweilen. Und die Koppel bot durch Buschwerk und Bäume ausreichend Sichtschutz. Also hockte sie sich an einem der Unterstände hin.

Als sie gerade ihre Hose hochzog, sah sie, wie Wittkoffs Range Rover auf dem Forstweg, der zwischen Grundstück und Koppel verlief, anhielt, und sich der alte Wittkoff näherte. Der Forstweg war eine Abkürzung in Richtung Altwarmbüchen und wurde von ihm gerne benutzt.

Er kam zielgerichtet und entschlossen auf sie zu. Sein Blick war merkwürdig beängstigend.

Sie ahnte, was auf sie zukommen wird und es machte ihr Angst.

In letzter Zeit gab es verstärkt unangenehme Situationen, die sie aber zu umgehen versuchte, da ihr der Alte ein unschlagbar günstiges Kaufangebot für eines seiner Nachwuchspferde in Aussicht gestellt hatte. Und ein eigenes Pferd aus diesem Zuchtbetrieb war ein Traum.

Wittkoff machte sofort deutlich, welche Absichten er hegte, als er sie erreichte.

Allerdings hatte er wohl nicht mit Annas Widerstand gerechnet, die, schon am Boden liegend, sich mit allen Mitteln wehrte. Sie entwickelte Kräfte, von denen sie nichts wusste.

Im Handgemenge, das folgte, lag da auf einmal diese Pistole, die dem Gestütbesitzer aus der Jacke oder dem Hosenbund gerutscht sein muss. Anna gelang es, die Waffe zu erreichen und das Blatt wendete sich. Erschrocken wich Wittkoff ein paar Schritte zurück, so dass Anna sich aufrappeln und ihren Gegenüber auf Abstand halten konnte.

Als Wittkoff den ersten Schreck überwunden hatte, machte er sich lustig.

Mit einer gesicherten Waffe wird sie nichts ausrichten können, sie würde sowieso nicht abdrücken, sie soll lieber an das Pferd denken, das auf dem Spiel steht.

Anna weiß nicht, wie lange sie sich nach diesen Äußerungen gegenüberstanden und schwiegen. Sie kann sich nur daran erinnern, dass sie wie gelähmt war. Der Gedanke an Flucht war nicht vorhanden. Nicht im Kopf, nicht in den Beinen.

Nur diese Wut.

Wut und Hass.

Unbeschreibliche Wut und unbeschreiblicher Hass.

Wittkoff sagte irgendetwas und machte zwei Schritte auf sie zu.

Die Wut oder der Hass wurde größer.

Die Angst auch.

Dann drückte sie ab.

Irgendwann später dann, als sie glaubte, wieder denken zu können, rief sie ihren Vater an, der sie abholte und nach Hause brachte.

Sie wusste, dass sie in dem Vater den richtigen Elternteil erwischt hatte. Der helfen konnte und dies auch tun würde, ohne dass die Mutter davon Wind bekam, denn die war viel strenger aber glücklicherweise über Nacht fort.

Als es dunkel wurde, versprach er ihr, dass er sich um alles Weitere kümmern wird und sie keine Angst zu haben braucht.

Nie wird irgendjemand erfahren, was gerade passiert war.

Wenn sie schweigt, wird alles gut.

Anna nahm ein Schlafmittel und ihr Vater verließ das Haus.

Tackert musste das alles erstmal sacken lassen.

Was für ein Scheiß wieder.

Eine gefühlte kleine Ewigkeit lag der Raum in absoluter Stille.

Nachdem er Annas Schilderungen verinnerlicht hatte, erkannte er Lücken.

Zwei offene Fragen ließen ihn nicht los.

Die zu klären war enorm wichtig.

Die Erste:

Warum lief Wittkoff mit einer geladenen Waffe in der Gegend rum? Er hatte eine Vermutung, die aber auch nichts weiter als reine Spekulation war. Aber ein kurzer Besuch bei Marlene Wittkoff sollte eventuell Klarheit bringen.

Allerdings war heute kein guter Tag, so kurz nach der Beerdigung, um der Frau erneuten Schmerz zuzufügen. Aber besser, sie wurde von ihm unterrichtet, als es am Ende durch die Presse zu erfahren.

Sie bestätigte später seinen Verdacht, dass ihr Mann an besagtem Tag auf dem Weg zu Pankowiak war, um sich ein für alle Mal aus dessen Umklammerung zu befreien, und, ihm klarzumachen, dass er dessen Erpressungsversuche in Zukunft anzeigen werde.

Das Zweite war die Frage, warum Annas Vater die Leiche derart aufwendig und mit dem Querverweis auf Jasper Hanebuth abgelegt hatte?

Die Antwort fiel einfach aus, fast zu einfach:

Es steckte nichts anderes als Ablenkung dahinter.

Drei Abende zuvor war die Familie gemeinsam beim Italiener, der seine Gastronomie in Hanebuths Geburtshaus hatte, und die Skulptur vor der Tür, wie die Gedenktafel am Eingang haben sein Interesse an diesem Teil Stadtgeschichte geweckt und ihn nicht mehr loslassen wollen.

Die Idee kam ihm aber erst, nachdem er den Range Rover in Kananohe abgestellt hatte.

Ursprünglich war geplant, Wittkoff einfach liegen zu lassen, wo er lag. Aber es zog ihn zurück zum Tatort, um eventuelle Spuren zu verwischen. Als er das Glöckchen im Gras liegen sah, führte er sich nochmal Hanebuths Geschichte vor Augen und beschloss, die Idee in die Tat umzusetzen, verfrachtete die Leiche in seinen Wagen und fuhr zur Kirche.

Dort, am hinteren Unterstand also, hatte die kleine Alexandra das Glöckchen verloren.

Auf die Waffe angesprochen sagte er wie selbstverständlich aus, dass sie im Garten zwischen den Blumenbeeten zu finden sein wird.

Was aber ohne Ergebnis blieb, war der Verbleib des Geldes. Annas Vater blieb bei seiner Version, dass er dem toten Wittkoff nichts abgenommen hatte.

Und Tackert glaubte ihm.

Dann gab es nur eine ernstzunehmende Schlussfolgerung:

Sofern sich die Zwanzigtausend nicht doch noch im Haus finden werden, muss jemand das Geld an sich genommen haben, als Wittkoff bereits tot war.

Und das könnte bedeuten, dass die Tat beobachtet und verschwiegen wurde. Oder zumindest der Leichnam vor seinen Abtransport entdeckt und trotzdem kein Wort darüber verloren wurde.

Das wiederum würde Eileen oder Henning oder beide als mögliche Mitwisser in den Vordergrund schieben.

Vom Haus aus war nur von deren Wohnräumen der Blick auf Bereiche der Koppel möglich. Und gut vorstellbar auch, dass dort der Schuss wahrgenommen wurde.

Aber Tackert war sicher, wie eine anstehende Befragung ausfallen wird. Und Beweise heranzuschaffen war so gut wie unmöglich.

Dieser Punkt wird nur schwer zu klären sein, wenn überhaupt.

Tackert war erschüttert.

Zum einen wegen der schlampigen Ermittlungsarbeit, zum anderen, weil Anna in diese beschissene Situation geraten war.

Hoffentlich findet sie einen Weg, die ganze Sache vernünftig zu verarbeiten.

Mit sehr gemischten Gefühlen machte er Feierabend.

Zuhause überfiel er gleich Elisa. Er hatte einen Tisch reserviert und wollte sie überraschen.

»Lass uns zum Italiener gehen, Elisa. Ich lade dich auch ein.«

Das Ziel war der alte Kötner-Hof im Groß-Buchholzer Kirchweg, das Geburtshaus Hanebuths.

Als sie bestellt hatten, machte Elisa eine Andeutung, dass ihr etwas auf dem Herzen lag.

»Hör mal Richard. Ich habe mir was überlegt. Auch wenn ich weiß, dass du da deine eigenen Ansichten hast, fände ich es doch schön, wenn wir zusammen ... «

»Vergiss es«, fuhr Tackert dazwischen.

»Du weißt doch gar nicht, was ich sagen will«, beschwerte sich Elisa.

»Doch, doch. - Niemals, Elisa. Niemals kriegst du mich in einen Flieger, um mich in dreitausend Meter Höhe herausschubsen zu lassen und wie in suizidaler Absicht der Erde entgegenzustürzen. Niemals.«

»Siehst du«, lachte Elisa. »Ich hab´s doch gesagt. Du weißt gar nicht, was ich sagen will. Ich will nämlich unseren Garten einmal komplett umkrempeln und mehr

Gewicht auf Gemüse- und Obstanbau legen. Vielleicht noch einen Bienenstock aufstellen und ein paar Tiere besorgen.«

»Was für Tiere? Wir haben doch schon Maulwürfe, Ameisen, Regenwürmer, Schnecken, Piepmätze ... «

Elisa schüttelte den Kopf. »Du weißt schon, was ich meine. Vielleicht ein paar Hühner oder eine Ziege oder so was ... «

»Aber nur nach Absprache mit den Nachbarn«, forderte Tackert. »Ansonsten bin ich da für alles zu haben. Fast alles.«

Das Essen kam und Tackert lauschte in die Stille, die sie plötzlich umgab.

Ihm war, als klebte Hanebuths Geist im Gebälk, der fordernd anklagte, seine dramatische Geschichte endlich zu Ende zu schreiben.

Aber Tackert wusste, dass das wohl niemals passieren wird.

Schade.

Er hätte zu gerne gewusst, wie die Ereignisse damals wirklich verlaufen waren.

Ob er am Ende nicht sogar tatsächlich die geraubte Beute an die armen Dorfbewohner von Groß-Buchholz verteilt hatte.

Die Richard-Tackert-Reihe:

1. Fall: **AVARITIA :**
ISBN: 978-3-7375-8757-0
152 Seiten €: 8,99

2. Fall: **ABSINTH :**
ISBN: 978-3-7375-8758-7
220 Seiten €: 9,99

3. Fall: **AGAMEMNON :**
ISBN: 978-3-7375-8759-4
184 Seiten €: 8,99

4. Fall: **ANTHROPOGEN** :
ISBN: 978-3-7418-3428-8
172 Seiten €: 8,99

5. Fall: **ANTIPODE** :
ISBN: 978-3-7418-8698-0
200 Seiten €: 8,99

6. Fall: **AVARITIA II :**
ISBN: 978-3-7450-4263-4
172 Seiten €: 8,99

7. Fall: **ANTAGONIST :**
ISBN: 978-3-7467-5623-3
200 Seiten €: 9,99

8. Fall: **ALGORITHMUS :**
ISBN: 978-3-7485-5402-8
192 Seiten €: 8,99

9. Fall **ABSOLUTERNULLPUNKT** :
ISBN: 978-3--7502000-35-7
180 Seiten - 8,99 €

FSC
www.fsc.org
MIX
Papier | Fördert
gute Waldnutzung
FSC® C083411